따뜻한 북구 사람
36.5℃

오태원의 힘

따뜻한 북극 사람
36.5℃

오태원의 힘

"삐빅! 36.5℃ 정상입니다."

코로나시대, 어딜 가나 우리는 정상 체온인지 확인받는다. 우리 몸의 온도는 우리 몸의 상태를 말해 준다. 온도가 높으면 안 되고, 낮아서도 안 된다. 그래서 우리는 그것을 정상 또는 표준이라고 부른다.

내가 책을 쓴 이유는 내 삶을 돌아보기 위함이 아니다. 그러한 성찰의 과정이 주는 유익함 때문이 아니라 차갑게 식어버린 북구의 온도를 정상으로 되돌려 놓고 싶기 때문이다. 대단한 정치를 하겠다는 것도 아니다. 내게는 그저 아주 오래전 어렸을 적부터 오갔던 선망의 대상이 차츰 제 온도를 잃고 차갑게 식어가는 것이 가슴 아파 더 이상 그냥 지켜보기 힘들기 때문이다.

'정상으로 사는 것이 여느 때보다 더 어려운 요즘, Covid19의 시대, 나는 건강이야말로 거의 모든 것이라고 믿는 사람이기 때문에 더욱 '정상의 온도'를 볼 때마다 감사하다. 왜냐하면 정상이란 것이 대단스럽게 놀라운 것은 아니지만, 가장 기본이자 토대가 되기 때문이다. 특별할 것 없는 정상적인 상태의 가치는 모든 것의 출발점, 혹은 가장 근본적인 힘이다.

 평생을 건축과 기술, 기업인으로 살아온 나는 바로 이것을 믿는다. 내가 제시할 밑그림은 거창한 두바이의 도시가 아니다. 도시의 기본은 건축물이나 구조화된 기능들이 아니라 사람이다.

 가장 먼저 '사람 살기 좋은 동네'라는 이미지가 떠올라야 한다. 사람이 정상 체온으로 건강하게 사는 일이 어쩌면 간단해 보이는 일이지만, 사실 그것은 그리 쉬운 일은 아니다. 36.5℃. 그것은 정상의 온도이자 또한 그 건강의 온도를 지닌 작은 도시, 북구의 미래가 담긴 말이다.

양산에서 태어났지만 북구는 내게 기회의 땅이었다. 평생 그를 토대로 지금까지 받은 내가 돌려줄 곳은 어디인가? 그리고 만일 내가 어떤 힘을 가지고 있다면 지금이야말로 그 힘을 북구를 위해 펼쳐야 할 때가 아닐까? 이 책은 그런 질문에 대한 자문자답이자 가장 정치적이지 않은 사람 오태원의 가장 인간적인 36.5℃에 대한 이야기이다.

따뜻한 북극 사람 36.5°C

오태원의 힘

1

시골 소년 오태원,
세상 밖으로

 물금 가촌리 세 모자. 소녀 같은 어머니와 코흘리개 둘

지게를 진 양산 물금 촌놈

목청 큰 수탉이 고요한 아침을 깨운다. 해는 어둑어둑한데 소도 밥을 달라며 울음을 운다. 한적한 시골, 내 고향 양산 물금 가촌리 시골 초가집. 집 한가운데 작은 마루가 있고, 창호문이 달린 방 2칸.

마루 옆 나무로 된 문을 열면 어머니가 아궁이에 불을 피워 밥을 하던 부엌이 있고, 마루 정면 맞은편에 작은 아래채가 있었다. 집 주변으로는 흙과 짚을 섞어 쌓아 올린 담벼락. 이곳이 우리 부모님과 네 남매가 살던 집이다.

나는 아침에 일어나면 눈을 비비며 습관처럼 아래채 옆 외양간으로 발걸음을 옮기곤 했다. 긴 밤을 지낸 소는 내가 그리웠는지 벌떡 일어나 나를 반겼다. 소꼴을 챙겨주고 외양간 옆

창고에서 삽을 꺼내 소똥을 치우면서 하루가 시작된다.

그때쯤 우리 형님은 마당에 흩어진 낙엽을 쓸곤 했다. 아침 일이 거의 끝날 무렵 아버지는 닫혀있던 창호문을 열어젖히고 말씀하셨다.

"어여 밥묵자!"

대문을 열고 나오면 얼마 떨어지지 않은 곳에 집채만한 풍차가 서 있던 물금 가촌리. 쉴 새 없이 돌면서 물을 퍼 올리는 풍차 덕분에 동네 주민들은 풍족하게 물을 쓸 수 있었다. 형님과 함께 이곳에서 물지게를 짊어지고 집으로 퍼 나르던 것도 내 일상 중 하나였다. 마을 100여 호의 집들은 대부분 우리 집과 비슷한 초가집이었고, 그중 몇몇 집은 넓은 마당에 평상을 놓고, 지붕에 기와를 얹어 지은 집도 있었다.

소를 빌려 농사짓던
우리 집

소가 없었던 우리 집은 이웃집에서 송아지를 빌려와야만 했다. 당시 소라고 하면 말 그대로 한 집안의 전 재산이었다. 소가 있어야 농사를 짓고, 짐도 옮기고, 팔아서 논도 살 수 있었다.

이렇게 빌려온 송아지는 우리 집에서 애지중지 보살핌을 받았다. 나는 혹여나 소가 아파서 문제가 생기지 않을까, 아침에 일어나자마자 외양간 구석구석을 청소하고 깔짚도 갈아주었다. 학교를 마치고 돌아와서는 마루 위에 가방을 휙 던져버리고 소꼴을 베러 곧장 지게를 지고 산과 들로 뛰어나갔던 나의 어린 시절.

송아지는 대략 2년 정도 키우면 첫 새끼를 낳았는데, 첫 새끼는 소 주인에게 주고, 두 번째 새끼부터 비로소 우리 집 소가 될 수 있었다.

부자(父子)의 부러움을 산
자전거

한평생 농사를 지으셨던 아버지. 자연스럽게 우리 네 남매도 초등학교 들어가기 전부터 논에서 풀을 베고, 소쿠리로 짐을 옮기기 시작했다. 가을 추수철이 되면 아버지 어머니뿐만 아니라 우리 4남매 모두 농사를 돕는 데 동원되었다.

아침부터 벼를 베기 시작해서, 해가 지면 벤 벼를 지게에 실어 집으로 가져와야 했다. 짐을 다 얹은 지게는 어린 시절 내 몸집보다 두 배가량 컸던 탓에, 가방끈을 죄듯 확 졸라 묶어 몸에 딱 달라붙게 만들어야만 했다.

이때 짐을 올린 지게 무게는 거의 50kg~60kg이었는데, 저녁 이슬이 앉으면 더욱 무겁게만 느껴지곤 했다. 그래서 지게를 지고 일어나 걷기 시작하면 집까지 멈추지 않고 계속 걸어야만 했다. 어두컴컴한 밤에 주저앉기라도 하면 다시 일어설 수 없는 무게였기 때문이다.

해가 지고 집으로 돌아가는 길에 우리는 종종 동네 몇 분이 농사일을 마치고 자전거에 풀을 싣고 가는 이웃들을 만났다. 그럴 때마다 아버지는 이렇게 말씀하시곤 했다.

"원아, 우리는 언제쯤 자전거 사서 풀 싣고 가겠노?"

그러면 나는 이렇게 대답했다.

"아버지, 자전거는 제가 빨리 커서 제일 먼저 사드리겠습니다."

그러면 아버지는 껄껄 웃으셨다. 지금 생각해 보면 우리 집 형편은 자전거를 못 살 만큼 어렵지는 않았다. 그런데도 아버지는 몸이 힘든 와중에도 끝내 자전거를 사지 않으셨다.

아버지의 소달구지

우리 동네 산은 머리가 벗겨진 것처럼 민둥산에 가까웠다. 산에서 나무를 많이 팼기 때문이다. 그러다 보니 비가 많이 오면 곧바로 홍수가 나고, 둑이 터져 논이 물에 잠기곤 했다.

물난리가 끝나고 쌀을 수확해 보면 보통 쌀알 크기의 절반밖에 안 되는 쌀이 수확되었다. 이것을 '싸래기' 쌀이라 불렀는데 이 쌀이 온전한 우리 가족의 몫이었고, 품질이 좋은 쌀은 모두 시장에 내다 팔았다.

둑이 터져서 한 해 농사가 잘못 되기라도 하면 우리 집은 당장 생계에 문제가 생겼다. 좋은 쌀을 팔아야 생활에 도움이 되는데 싸래기 쌀은 팔아도 값을 제대로 못 받았기 때문이다.

4남매를 학교에 보내기 위해 아버지는 물금에서 양산 시내까지, 새벽마다 소달구지를 끌고 길을 나섰다. 달구지에는 고기, 신발, 채소같이 양산 장에서 장사하는 상인들의 물건이 실려 있었다. 상인들 물건을 실어주고 삯을 받았기 때문이다.

길은 포장도 되어 있지 않아서 소 발굽이 금방 닳았는데, 나는 소 발굽이 상하지 않도록 짚으로 새끼를 말아서 소 신발을 만들어 주곤 했다.

어머니의 광주리

아버지가 농사를 짓는 동안 어머니는 물금, 양산, 구포 장날엔 시장에서 쌀과 채소 장사를 하셨다. 어머니는 장사를 아주 잘하셨다. 뛰어난 장사꾼이셨던 어머니는 글과 셈을 모르는 문맹이셨다. 그래서 어머니는 장사를 마치고 크게 한숨을 내쉬곤 하셨다.

"아이고 내가 너무 많이 줬다. 돈은 조금 받았는데."

복잡한 셈을 못하시는 어머니는 손님이 돈을 계산해서 주면 그런가 보다 하고 그냥 돈을 받는 것이다.

나는 장사를 마친 어머니와 같이 못 팔고 남은 채소를 팔기 위해 주변 식당을 찾아다니곤 했다. 식당 이곳저곳 찾아가 보아도 채소를 사주는 곳은 그리 많지 않았다. 발품을 팔다가 허기가 지면 국밥집에 가서 채소와 선지 국밥을 바꿔 먹고 집으로 돌아오곤 하셨다. 그도 여의치 않을 때는 채소를 더 많이 주고 국수를 바꿔 먹기도 했다. 그때는 어머니 마음도 모르고 배고 픔에 국수를 더 달라고 떼썼던 어린 철부지 시절이었다.

어린 나는 어머니를 보며 그렇게 하는 것이 당연하다는 듯 대수롭지 않게 생각했다. 지금 생각해 보면 어머니가 얼마나 고생하셨는지 죄송스러운 마음뿐이다.

어린 날의 즐거움, 물금 장터

나는 어머니를 따라 장터에 가는 것을 좋아했다. 어머니를 따라간 물금 장터에는 장사를 하시던 외할머니가 계셨기 때문이다.

"맛있는 거 사묵으라."

외할머니는 이렇게 말씀하시며 10원씩 챙겨주곤 하셨다. 10원이면 맛있는 음식은 무엇이든 사 먹을 수 있는 큰돈이었다. 그 당시에 국수 한 그릇에 5원 정도였으니, 지금 돈으로 만 원 정도 되는 셈이다.

물금 장터에서 내가 제일 좋아한 음식은 선지국수였다. 어른들 사이에 끼어 앉아 먹었던 따끈한 국물은 정말 일품이었다. 선지국수가 지겨워질 때면 떡이나 엿을 사 먹기도 했다.

장날마다 오는 신발장수는 나에게 또 다른 즐거움을 주었다. 신발장수는 신발 수백 켤레를 큰 포대에 엎어놓고 팔았는데, 신발을 산처럼 쌓아놓고 팔다 보니 색상이나 사이즈, 왼쪽 오른쪽 구분이 없었다. 그래서 신발 더미 속에서 마음에 드는 신발을 찾으면 색상이 맞지 않거나, 어쩌다 색상이 맞으면 사이즈가 서로 달랐다. 열심히 신발 산을 뒤져서 짝 맞는 신발을 찾으면 세상을 다 얻은 것만 같은 기분이 들었다.

"저 선수 5라운드까지밖에 못 가겠는데?"

아버지가 이렇게 말씀하시면 그 선수는 십중팔구 5라운드에서 쓰러졌다.

"다음 라운드 때는 어퍼컷을 더 많이 섞어야 되겠다."

아버지가 이렇게 말하고 나면 다음 라운드부터 선수는 어퍼컷을 더 많이 때렸다. 이처럼 아버지는 '권투 해설가' 'TV 밖의 코치' 등으로 불리기 손색이 없을 정도로 권투에 정통했다.

아버지, 나의 아버지

아버지는 남모를 아픔을 품고 사셨다. 일제에 의해 강제징용되어 이름 모를 외딴 섬 탄광에서 5년 동안 고된 노동을 하셨던 아버지. 초등학교 졸업이 전부였지만 틈만 나면 글을 읽으셨고, 틈만 나면 글씨를 신문지 틈새에 박아 넣으시던 아버지가 지금도 눈에 선하다. 그런 아버지는 내가 고등학교를 졸업할 즈음에야 강제징용 이야기를 담담한 목소리로 털어놓으셨다. 고생만 하신 나의 아버지, 가족을 위해 무엇을 하든 꼭 성공하겠다는 내 다짐은 더욱 단단해져 갔다.

강제징용에서 돌아온 아버지는 부산으로 넘어가서 빵집 도제로 근무하기도 하고, 못다 한 공부를 위해 야간학교도 열심히 다니셨다. 하지만 넉넉지 못한 형편에 타지 생활을 하다 보니 꿈을 펼치기도 전에 고향으로 돌아올 수밖에 없었다.

남의 집 농사를 우리 농사처럼
생각하신 아버지

동네 사람들은 아버지가 법 없이도 살 사람이라고 치켜세우곤 했다. 그러나 어린 시절의 나는 아버지를 이해할 수 없었다. 농번기에 우리 집 농사는 뒤로 하고, 이웃집 농사를 발 벗고 도와주시곤 했던 것이다. 모내기 전날까지 준비는커녕 하루 종일 이웃 농사를 도와주셨던 것이다. 덕분에 우리 집 모내기 준비는 늦은 밤부터 꼭두새벽까지 이어졌고, 해가 뜨자마자 곧바로 모내기를 시작해야만 했다.

이런 일들은 어머니를 매우 화나게 했다. 씩씩거리며 아버지를 향해 쉴새없이 잔소리를 쏘아붙였던 어머니. 나도 어머니의 심정과 똑같았다.

"아버지, 우리 농사부터 먼저 해야 되는 거 아입니까?"

어느 날 뾰루퉁한 얼굴로 내가 물었다. 그러자 아버지는 어렸던 내가 이해할 수 없었던 말씀을 해 주셨다.

"원아, 덕을 쌓아야 나중에 우리가 잘 되는 기다."

아버지의 뒷모습

초등학교 6학년 어느 날, 축구시합을 마치고 터벅터벅 집으로 돌아왔던 날. 왼쪽 다리에 아령을 묶고 누운 채 다리를 올렸다 내렸다 하는 아버지를 보게 되었다.

"아버지, 다리 운동하십니까?"

나는 별생각 없이 묻고는 아버지 옆에 앉았다.

아버지가 운동하는 것을 지켜보다 보니, 한쪽 다리가 반대편 다리보다 얇은 것이 눈에 들어왔다. 나는 걱정되는 마음에 물었다.

"아버지, 다리 한쪽이 왜 그럽니까?"

"내가 어릴 때 좀 아팠다 아이가."

내가 계속 캐묻자 아버지는 마지못해 이유를 알려주셨다. 아버지의 한쪽 다리가 얇고 짧았던 이유는 어릴 적 소아마비에 걸렸었기 때문이었다. 아버지는 멈췄던 운동을 계속하며 나에게 말했다.

"운동 좀 하면 사는 데 아무 지장이 없다."

항상 강한 모습만 보여주셨던 아버지이시기에, 그런 아픔이 있다는 사실을 너무 늦게 알게 된 것이다. 그때부터 내겐 그전까지 보지 못했던 아버지의 다른 모습이 보이기 시작했다.

무거운 지게를 지고 뒤뚱거리는 아버지의 뒷모습. 꼭두새벽 소달구지를 끌고 먼 길을 떠나시는 아버지의 뒷모습. 내가 빨리 성공해서 아버지를 편히 쉬게 해드려야겠다고 나는 다짐하고 또 다짐했다.

그대로 물려받은
아버지의 DNA

운동을 어릴 때부터 지금까지 멈추지 않고 할 수 있었던 것은 아버지의 영향이었음이 틀림없다. 내 기억 속 젊었던 아버지는 스포츠에 열광하곤 하셨다. 특히, 권투와 축구 마니아라고 부를 정도로 권투와 축구에 박식하셨다.

아버지는 당시에 유명한 선수였던 장정구, 박찬희, 유명우, 홍수환 등 선수들의 권투 경기를 보며 해설을 하시곤 하셨다. 또한 축구 경기 해설도 아주 잘하셨다. 더욱이 놀라웠던 것은 아버지의 해설이 꽤나 정확했다는 사실이다.

"저 선수 5라운드까지밖에 못 가겠는데?"

아버지가 이렇게 말씀하시면 그 선수는 십중팔구 5라운드에서 쓰러졌다.

"다음 라운드 때는 어퍼컷을 더 많이 섞어야 되겠다."

아버지가 이렇게 말하고 나면 다음 라운드부터 선수는 어퍼컷을 더 많이 때렸다. 아버지가 보았던 것을 코치들도 똑같이 보았던 모양이다. 아버지는 '권투 해설가' 'TV 밖의 코치' 등으로 불려도 손색이 없었다. 아버지는 나에게도 권투 선수가 되어보라며 그 당시 아주 귀했던 샌드백을 사주셨다.

나는 담벼락 옆 감나무에 샌드백을 걸어놓고 시간 가는 줄도 모르고 마구 쳐대곤 했다. 샌드백을 치는 동안만큼은 마치 권투 선수가 된 것처럼 폼을 잡곤 했다.

원아 열심히 준비하면 다 잘 될 끼다

아버지는 학식이 뛰어나신 분은 아니었지만, 누구보다도 열심히 공부하셨다. 생업에 쫓기는 순간에도 책과 신문을 손에서 놓지 않으셨다.

아버지는 시장에 가면 좌판에 나온 책을 닥치는 대로 읽으셨다. 그리고는 나를 시장에 데려가 줄 쳐놓은 문구들을 차례로 보여주시며 하나라도 더 가르쳐 주려 노력하셨다.

아버지가 보여주셨던 책 내용 중에 잊혀지지 않는 일화가 있다. 그것은 미국 루스벨트 대통령에 관한 것이었다. 루스벨트 대통령은 상대와 만나기 전에 철저한 준비를 하고 만났다. 예를 들어, 상대가 낚시를 좋아하면 낚시에 대해서 공부하고, 상대가 테니스를 좋아하면 테니스에 대해 공부를 하고 만났다.

이처럼 상대가 관심 있는 것에 대해 공부하고 화제를 준비하면 상대와의 관계뿐만 아니라 일까지 잘 풀어갈 수 있다는 교훈을 담은 일화다.

어린 날에는 그저 아버지가 해 주시는 좋은 말 정도로 여겼지만, 이러한 가르침은 어른이 되어서도 순간순간 내 머릿속에 떠올랐다. 아버지의 가르침은 어느새 직장 생활과 사업에 고스란히 녹아들어 인생을 살아가는 자산이 되어주고 있었던 것이다.

차남, 집안의 기둥이 되다

아버지는 내가 어렸을 때부터 나에게 큰 기대를 거셨던 모양이다.

"원아, 니가 집안을 이끌고 나가야 한다. 형 동생도 잘 챙기고 공부도 열심히 해야 된다."

아버지는 나를 뚫어질 듯 바라보며 이렇게 말씀하시곤 하셨다. 이웃집 어른들도 우리 형님보다 내가 더 장남 같다는 말씀을 자주 하시곤 했다. 우리 형제 중에서 내가 키가 제일 컸고, 꾀부리지 않고 착실하게 부모님 일을 돕는 모습이 꽤나 어른스러워 보였던 모양이다.

이런 기대 속에서 나는 자연스럽게 장남 역할을 해야겠다는 마음가짐을 다지게 되었다.

"우리 형님과 동생은 키가 조그맣고, 내가 장사를 하든지 해서 우리 집안을 일으켜야겠다."

어린 나는 속으로 이런 대견한 생각을 곧잘했다. 나는 어른이 되어서도 아버지의 가르침을 한시도 잊은 적이 없다. 돈을 많이 벌 때를 기다리면 늦는다고 생각해서, 넉넉지 않은 형편에도 동생들 결혼을 전폭적으로 지원했다.

어린 동생들을 공부시키고, 결혼하여 살 집을 마련하는 등 자립 기반을 닦아 주었으니, 나는 아버지가 말씀하신 대로 실질적인 장남 역할을 하게 되었다.

피가 줄줄 흐르는 무릎과 팔을 쳐다보며 정신이 빠진 채로 앉아있는데, 저 멀리서 깃대를 든 역무원이 뛰어 왔다.

나는 역무원이 "많이 다쳤나?" 하며 나를 부축해서 치료라도 해 줄 것이라 생각했다. 하지만 역무원의 입에서 나온 말은 내 머리 속을 더 복잡하게 만들었다.

"니 표 샀나 안 샀나?"

나는 터져 나오는 눈물을 간신히 참으며 몸을 일으켰다.

호기롭게 떠난 열두 살의 유학길

북구와의 길고 긴 인연은 초등학교 5학년 때부터 시작됐다. 가장 친하게 지냈던 친구가 부산으로 전학을 가게 됐다. 아쉬운 마음을 애써 달래며, 그날 밤 나는 천장을 바라보며 상상의 나래를 펼쳤다.

"부산은 어떤 곳인데?"

나는 작은아버지 댁을 왔다 갔다 하면서 봐왔던 구포를 떠올렸다. 내 눈에 비친 북구는 한 마디로 선망의 대상 그 자체였다. 물금에서는 구경도 못했던 풍경. 교복을 입고, 가방을 멘 학생들의 모습. 아무 옷이나 대충 입고, 보자기에 책을 싸다녔던 물금과는 완전히 다른 세상이었다.

이런 상상력은 어린 영웅심을 자극했다.

"나도 더 큰 물에서 놀아봐야 되지 않겠나?"

떨림과 기대가 내 마음을 완전히 사로잡았다.

어느 날 아버지가 집에 돌아오셨을 때 나는 다짜고짜 말했다.

"아버지, 내 부산으로 학교 보내 주이소."

아버지는 뜬금없는 소리에 놀라는 표정으로 말씀하셨다.

"갑자기 뭔 소리고?"

나의 전학 선언은 조용하던 집안에 평지풍파를 일으켰다. 착실한 내 모습을 믿으셨던 어머니는 보내주자 하셨고, 아버지는 꽤 오랜 시간 고민하셨다. 다행히도 아버지는 내 말을 무시하지 않으시고, 부산으로 자식을 전학 보낸 이웃집들을 찾아다니기 시작했다.

아버지의 노력에도 불구하고 전학 시기가 늦어지자 나는 조바심에 아버지에게 말씀드렸다.

"아버지, 돈이 없으면 내가 신문 배달이라도 하겠습니다. 그냥 보내 주이소."

아버지 눈에는 떼쓰기에 불과해 보였겠지만, 이 작전은 성공적으로 먹혀들었다. 급기야 전학을 보내주겠다는 허락을 받아내게 되었다. 그날 나는 부산에서 학교를 다니는 모습을 상상하면서 혼자 헤벌쭉 웃으며 잠들었다.

물금 촌놈,
북구를 만나다

나는 구포초등학교로 전학가게 되었다. 구포가 집과의 거리가 제일 가까웠고, 그곳에 작은아버지가 살고 계셨기 때문이었다. 아직도 구포로 가던 첫 등교하는 날을 잊지 못한다.

나는 등교를 위해 물금역에서 기차를 타고 구포역으로 향했다.

"내가 기차를 타고 등교를 하다니."

매일 먼 거리를 걸어서 등교했던 모습이 떠올랐다. 그 생각도 잠시, 유리 밖으로 보이는 구포 풍경과 유리에 비친 내 모습에 미소가 절로 흘러나왔다.

구포는 물금과 다른 점이 많았다. 일단 동네가 번화해서 사람들이 북적거렸고, 길가에는 온갖 가게들과 노점이 즐비했다.

"말로만 듣던 부산에서 생활하게 되는구나."

내 마음속에는 내가 더 이상 물금 촌놈이 아닌 것 같은 느낌마저 들었다. 학교를 마치면 친구들과 구포역 근처 분식집을 꼭 지나쳐 집으로 향했다. 하나에 1원 하던 오뎅과 번데기가 어찌나 먹음직스러워 보였는지…. 돈이 없어 매번 지나치기만 하다가 용돈을 받으면 오뎅은 한 개만 먹고 연신 국물만 마셔대곤 했던 나.

용돈을 많이 받은 날에는 별미를 찾기도 했는데, 구포역 앞 김이 모락모락 나는 호떡과 번데기는 정말 일품이었다. 호떡은 비싸서 쉽사리 사 먹을 수 없었던 그림의 떡이었다. 하지만 기름에 튀겨지는 고소한 호떡 냄새만 맡아도 군침이 저절로 솟아났다.

구포역 옆에 있는 구포다리에는 구포국수가 명물로 알려져 항상 발 디딜 틈이 없었다. 구포다리 밑은 온통 '구포국수' 간판을 달고 있는 가게들로 가득 차 있었고, 가게 옆으로는 국수 면발이 빨랫줄에 산더미처럼 널려 있었다.

나는 친구들과 국수 거리를 쏘다니며 주머니에서 동전을 모아 국수 한 그릇으로 네 명이 나눠 먹기도 하고, 돈이 없을 때는 헐레벌떡 기차에 올라 꼬르륵 소리 나는 배를 붙잡고 조금이라도 더 빨리 집에 도착하기를 손꼽아 기다리곤 했다.

대형 사고가 될 뻔한
아찔한 무임승차

당시에는 무임승차가 빈번했다. 나도 처음엔 꼬박 꼬박 표를 샀지만 아무도 표 검사를 하지 않았다. 게다가 부모님께 매번 돈을 달라고 하기에 미안한 마음에 자연스럽게 무임승차를 하게 됐다.

여느 날처럼 무임승차를 한 날, 창밖으로 구포역이 보이면서 오늘도 무사히 도착했구나 생각하고 있었다. 그런데 저기 앞쪽에서 검표원이 한 명씩 표를 검사하며 나를 향해 다가오는 것이 아닌가?

나는 기차가 빨리 구포역에 도착하기만을 기다렸다. 기차가 멈추는 순간 번개같이 뛰어서 도망갈 심산이었다. 그런데 기차는 점점 속도를 늦추며 천천히 움직였고, 검표원은 점점 더 빠르게 다가왔다. 마음은 점점 다급해졌고, 걸리면 안 된다는 생각에 나는 무작정 기차에서 뛰어내려 버렸다.

기차에서 뛴 순간, 잘못된 선택을 했다는 것을 직감적으로 깨달았다. 땅바닥에 처박히면서 가방과 신발이 하늘 높이 날아가 버렸다. 몇 바퀴를 굴렀을까? 자갈에 갈려버린 무릎과 팔에서는 피가 줄줄 흘러내렸다.

간신히 몸을 일으켜 정신이 빠진 채로 앉아있는데, 저 멀리서 깃대를 든 역무원이 뛰어오고 있었다. 나는 역무원이 "많이 다쳤나?" 하며 부축해서 치료라도 해 줄 것으로 생각했다. 하지만 역무원의 입에서 나온 말은 내 머릿속을 더 복잡하게 만들었다.

"니 표 샀나 안 샀나?"

나는 터져 나오는 눈물을 간신히 참으며 몸을 일으켰다.

"가방 높이 들고 서 있어라."

불호령이 떨어졌다. 나는 학교도 가지 못한 채 한 시간 동안 역무실 앞에서 가방을 하늘 높이 들고 우두커니 서 있어야만 했다. 그때 내 마음은 그렇게 서글플 수 없었다.

크게 다쳤음에도 불구하고 병원은 가지 않았다. 병원 갈 돈도 없을뿐더러 부모님께 무임승차하다가 다쳤다는 말은 차마 할 수가 없었기 때문이다. 나는 그 날의 일을 철저히 숨기고 살아왔다.

나만 못 간 수학여행

　　돈 없는 서러움과 고달픔은 학창 시절 내내 나를 따라다녔다. 나는 고생하시는 부모님께 돈 달라고 말 한 번 못한 바보 같은 효자였다. 그래서 친구들이 가는 수학여행에도 가지 못했다.

　　그 당시 수학여행을 가지 않는 학생들은 견학을 갔다. 친구들이 경주로 가서 불국사와 석굴암을 구경하고 해맑게 사진을 찍을 때, 나는 제일제당 공장을 견학하고 설탕을 받아 집에 가져다 드렸다.

　　"설탕 어디서 주드노?"

　　설탕을 가져온 내게 어머니가 물었다.

　　"학교에서 줬습니다."

　　무심하게 대답하고는 곧바로 논으로 풀을 베러 길을 나섰던 나는 친구들에게도 괜찮은 척을 했다.

　　"니는 왜 수학여행 안 가노?"

　　친구들이 물으면 나는 퉁명스럽게 대답하곤 했다.

　　"그런 데 가서 뭐하노?"

　　하지만 마음 한구석에는 수학여행이 어떤 것인지 궁금해서

속이 터질 것만 같았다.

'수학여행 가면 잠은 어디서 잘까?'

'아침은 뭘 먹을까?'

'버스에서는 뭘 할까?'

지금 생각하면 아무것도 아니지만 이런 생각들이 나의 머릿속에서 도통 떠나지를 않았던 것이다.

나는 고등학교 2학년이 되어서야 처음으로 부모님께 수학여행을 보내달라고 말했다. 사실은 그때도 말하고 싶지 않았지만 그때가 아니면 수학여행을 영영 모르고 학교를 졸업할 것만 같았다.

그렇게 나는 설악산으로 첫 수학여행을 떠났다. 버스에서는 친구들과 춤을 추며 최신가요를 불러댔다. 설악산에서는 정상에 올라 부산 촌놈은 상상도 할 수 없었던 설악산 가을 단풍의 정취를 마음껏 느꼈다.

숙소에서는 25명이 한 방에 발 디딜 틈도 없이 누워 밤이 새도록 수다를 떨어댔다. 졸음을 못 이기고 곯아떨어진 친구 얼굴엔 여지없이 매직 낙서가 그려지곤 했다. 그렇게 깔깔대며 보내던 수학여행의 추억.

나는 소원을 성취한 것만 같은 기분이 들었다.

"이렇게 좋은 거였으면 일찍 올걸."

나는 마음속으로 이런 생각이 들만큼, 수학여행을 왔다는 사실 자체가 너무나도 기뻤다.

고등학교 시절 건축가의 꿈을 함께 키운 친구들과

가장 강하고, 가장 순수했던 태권도 선수 오태원
(고등학교 2학년 시절)

운동을 좋아했던 소년

나는 어릴 적부터 몸놀림이 남달랐다. 친구들은 나를 '뽈뽈이'라고 불렀다. 여기저기 바쁘게 돌아다니는 녀석이라는 뜻인데, 축구하는 내 모습을 보고 붙여 준 별명이다.

내가 초등학교 학생이었을 때는 축구공이 없었다. 그래서 짚으로 얼기설기 엮은 축구공으로 친구들과 공놀이를 하곤 했다. 어설픈 축구공이었지만 진짜 축구공 못지않게 잘 굴러다녔고, 슛을 차면 꽤나 멀리까지 날아갔다.

동네 친구들은 지푸라기로 만든 축구공을 굴려대며 자신이 마치 TV 속 축구 선수라도 된 것처럼 온갖 재주를 부리곤 했다. 우리 동네 축구는 늘 그런 식이었다.

그중에서도 나는 단연 돋보였다. 대단한 기술은 없었지만,

또래 중에서 키가 제일 컸고, 속도는 비할 자가 없었다. 일단 공을 차고 달리기 시작하면 친구들은 내 뒤꽁무니를 따라 뛰느라 정신이 없었다.

옆 동네와 축구 경기가 있을 때면 친구들은 꼭 나를 찾아왔다.

"태원아, 니가 공격수 해 줘야 우리가 이길 수 있다."

친구들은 믿음에 찬 눈으로 나를 바라보며 이렇게 말하곤 했다. 친구들의 기대에 부응하고자 옆 동네와 축구 경기에서는 더 열심히 뛰었고, 항상 승리의 선봉장을 맡았다. 물금에서는 나를 막을 자가 없었다.

또 다른 기회를 준 옥수수빵

나는 초등학교 5학년 때 처음으로 학교 농구부에 들어가서 운동부 생활을 시작했다. 축구를 잘하던 내가 엉뚱하게 농구부에 들어간 이유는 옥수수빵 때문이었다.

농구부에서는 선수들에게 옥수수빵을 나눠줬는데, 싸래기밥에 나물만 먹던 나는 옥수수빵을 실컷 먹을 수 있다는 생각에 축구를 버리고 농구를 택한 것이다.

그렇게 농구공을 튕겨본 적도 없었던 나는 갑작스럽게 농구 훈련을 받게 되었다. 나는 농구 규칙도 몰라서 양손으로 드리블을 하고, 공을 튕기지도 않고 네 발을 걷는 왕초보였다. 그때마다 농구부 선생님은 호루라기를 불어대며 연신 한숨을 내쉬곤 했다.

하지만 같이 들어온 친구들이 고된 훈련에 지쳐갈 때, 나는 오히려 재미를 붙이고 실력이 빠르게 늘었다. 슛과 패스에도 능숙해졌고 팀 게임에서도 맡은 역할을 충실히 해냈다.

나는 곧 다섯 명이 뛰는 농구 게임에서 주전 선수로 뛸 수 있게 되었다. 그 해 열린 양산시 대회에 출전해 승리에 일조하면서 친구들은 나를 '농구도 꽤 하는 아이'로 불렀다. 촌 학교에서 농구의 '농'자도 몰랐던 것치고는 상당히 빠른 성장이었다.

물금 우사인볼트

나는 구포초등학교로 전학 오고 나서야 비로소 축구부 선수로 활동을 시작했다. 최고의 축구선수가 되겠다는 풍운의 꿈을 안고 뙤약볕이 내리 쬐는 운동장에서 구슬땀을 흘렸던 나.

그해 가을, 학교에서 운동회가 열려 나는 반 대표 중 한 명으로 100m 달리기에 출전하게 되었다. 반마다 세 명씩 출전했는데, 치열한 예선을 거쳐 총 여덟 명이 결승전에 올랐다.

결승전에 올라온 여덟 명 중 다섯 명은 학교 대표 육상 선수였다. 그들은 익숙하다는 듯 다리를 좌우로 털며 달릴 준비를 하고 있었다. 나도 질세라 팔을 빙글빙글 돌려대며 보이지 않는 신경전을 시작했다.

심판은 선수들에게 출발선에 서라는 사인을 주었고, 여덟 명의 선수들은 몸을 한껏 앞으로 기울여 출발 자세를 잡았다. 우레 같은 응원에 호루라기 소리를 놓칠세라 온 정신을 집중했다. 마침내 출발을 알리는 호루라기가 울렸고, 나는 소리가 울리기 무섭게 뛰쳐나갔다. 이를 악물고 미친듯이 발을 굴렀다. 오직 심장 고동 소리와 거친 숨소리만이 주위를 감쌌다.

100m의 끝을 알리는 결승선이 보였다. 누가 제일 먼저 결승선을 통과할 것인가? 옆을 돌아볼 겨를도 없었다. 나는 마지막 힘을 다해 앞만 보고 결승점을 향해 달렸다. 가슴으로 결승선을 가르는 순간, 내가 1등이라는 것을 직감적으로 알 수 있었다. 역시 결과는 1등이었다.

내가 운동회에서 1등을 하자 학교가 발칵 뒤집혔다. 육상

선생님은 다짜고짜 축구부로 찾아와 내게 육상을 할 생각이 없느냐고 물었고, 이것을 발견한 축구부 선생님은 왜 우리 선수를 빼가려고 하냐며 옥신각신 실랑이를 벌였다.

우리 반에서도 육상부 아이들의 시기 질투를 받을 수밖에 없었다. 자신들의 주 종목에서 보기 좋게 패배해 버리자 육상부 선생님께 호되게 혼났다는 이야기도 들려왔다.

담임 선생님은 우리 반 달리기 대표 선수로 나를 지목하면서 질투에 기름을 부었다. 그날부터 나는 초등학교 졸업할 때까지 학교를 대표하는 달리기와 축구 선수로 뛰게 되었다.

뒤처질 수 없다

이렇게 운동선수로 승승장구하던 내게 위기가 찾아왔다. 축구 대회를 앞두고 열린 연습 경기에서 허리를 다친 것이었다. 골문 앞에서 무리하게 헤딩 경합을 벌이다가 착지를 잘못했던 것이다.

허리를 심하게 다쳤는지 뛰기는커녕 책상에 앉아 있기조차 버거웠다. 그런데도 나는 병원을 갈 수가 없었다. 한 번도 병원에 다녀본 적도 없고, 치료비가 많이 나올 것 같은 생각에 부모님께 말씀 드릴 엄두도 나지 않았기 때문이다.

그저 운동을 쉬면서 허리가 낫기를 기다리는 수밖에 없었다. 허리가 빨리 낫지 않자 축구부 선생님이 나를 닦달하기 시작했다.

"니 그렇게 축구 떨 거면 한 해 꿇어라."

축구부 선생님은 수업도 가지 않고 경기도 뛰지 못하는 내게 이렇게 말했다. 나는 심각한 고민에 빠졌다. 나는 호적을 1년 늦게 신고한 탓에 초등학교를 1년 늦은 아홉 살에 입학했다. 또래보다 이미 1년 늦은 상황에서 한 해를 더 유급하게 되면 2년을 유급하는 셈이었다.

그 당시 운동부 선수의 유급은 아주 흔했다. 청소년기는 해마다 신체적으로 급성장을 거듭하는 시기였기 때문이다. 운동선수로 성공하려고 하는 학생들은 자신의 기량이 부각될 수 있도록 1~2년의 유급은 쉽게 결정하곤 했다. 체육 선생님은 이러한 의도로 내게 유급을 권한 것이다.

하지만 나는 나이 많은 저학년 운동선수로 남고 싶지 않았다. 빨리 사회에 나가서 돈을 벌어야 한다는 생각이 먼저였기 때문이다. 이때부터 유급을 피하려는 발버둥은 시작됐다. 매번 수업을 빼먹었던 나는 수업에 꼬박꼬박 출석했고, 축구부 연습

에도 전보다 더 열심히 참여했다. 집에 가서는 동생에게 마사
지를 받으며 몸 관리에 돌입했다.

이런 보이지 않는 노력들이 이어지면서 허리 상태는 점차 좋
아졌다. 축구 시합에서도 다시 예전의 기량을 발휘하면서 내
유급 이야기는 쏙 들어가 버렸다.

돌려차기 선수(고등학교 2학년)

태권도를 하고 싶어요

고등학교에 진학한 나는 친구들 사이에서 무서운 아이로 통했다. 초·중학교 내내 운동부였던 나였기에 이러한 시선은 자연스러웠다. 나는 친구들과 싸울 일도 없이 짱이 됐다. 아무도 시비를 걸지 않았기 때문이다.

고등학교에 점차 적응하다 보니 태권도부가 눈에 들어왔다. 흰 도복에 검은 띠를 둘러매고 공중을 몇 바퀴씩 돌아서 돌려차기 하는 모습이 나를 사로잡았다. 나는 곧장 학교 옥상에 있는 태권도부를 찾아가서 선생님께 태권도부에 넣어달라고 부탁했다.

"니 태권도는 해봤나?"

태권도 선생님은 반신반의하며 내게 물었다. 나는 잘하지도 못하는 발차기를 선생님께 선보이며 잘하는 체를 해댔다. 내 열정을 가상히 여기신 걸까? 태권도 선생님은 그 자리에서 태권도부에 들어와도 좋다고 허락하셨다.

나는 검은 띠를 맨 친구들 사이에서 흰 띠를 매고 태권도를 시작했다. 초·중학교 때부터 태권도를 시작한 친구들 틈에서 내 품새는 어설펐지만, 착했던 친구들이 자세를 교정해 주곤 했다.

　몸 쓰는 일에는 자신이 있었던 나는 1년 만에 검은 띠를 땄고, 모두가 지켜보는 운동회에서 돌려차기로 송판을 멋지게 두 동강 내버렸다.

"아버지, 학교 함 가보이소."

집에 도착한 나는 아버지에게 자랑스럽게 말했다.

"또 뭐땜에 그라노."

아버지는 또 무슨 사고를 쳤냐는 듯 인상을 찌푸리며 말씀하셨다. 아버지의 예상치 못한 반응에 원래 말하려 했던 장학금 소식을 전하지 못한 채 대답했다.

"선생님이 와보시라 하더라고요."

그렇게 아버지는 장학금을 받으러 가는지도 모른 체 학교로 향하셨다.

변화의 시작, 공고에 가다

중학교 3학년 중간고사를 쳤을 때쯤, 학교에서는 고등학교 진학에 대한 이야기가 솔솔 흘러나왔다. 나는 고등학교 진학에 관심이 많았지만, 차마 입 밖으로 이야기를 꺼내기가 민망했다. 중학교 내내 공부보다는 운동에만 열중했기 때문이었다. 공부에 뜻이 없었던 나는 빨리 돈을 벌어서 효도해야겠다는 생각뿐이었고, 간신히 점수에 맞춰 공고에 입학하게 되었다.

건축의 맛

평생 직업이 된 건축과 인연을 맺게 된 것은 고등학교 2학년 때부터였다. 나는 공고에 진학한 후에도 특별히 공부에 흥미를 느끼지 못했다. 학교 수업은 그저 밥벌이를 위한 직업 교육 정도로만 느껴졌다. 그저 하루빨리 졸업해서 돈을 벌어서 부모님께 효도하고 싶은 마음뿐이었다.

고등학교 2학년 때 우연히 듣게 된 건축 수업이 내 인생의 거대한 전환점이었다.

"어 신기한데?"

운동밖에 몰랐던 내가 처음으로 재밌다고 느낀 수업이었다.

건축은 알면 알수록 무에서 유를 창조하는 근사한 일이라는 생각이 들었다.

"텅 빈 공터에 저런 멋진 건물을 만들 수 있다니!"

나는 수업 중에도 소리 내어 감탄하곤 했다. 지금까지 내가 배웠던 전기, 소방, 기계 등 다른 과목들은 건축을 완성하기 위한 일부에 불과하다는 생각이 들었다. 전체적인 그림을 그리는 것은 단연코 건축이었다. 나는 기계, 전기 같은 분야보다 건축을 공부해야 비로소 전체를 아우를 수 있다는 확신을 갖게 되었다.

그때부터 나는 건축에 모든 것을 걸기로 결심했다. 빨리 건축 기술을 배워 멋진 건물을 지어야겠다는 생각이 머릿속을 떠나지 않았다.

공부에
눈을 뜨다

건축에 흥미를 붙인 나는 무작정 공부라는 것을 해 봐야겠다는 생각을 하게 되었다. 그때까지만 해도 공부가 뭔지 전혀 감이 없었다. 초·중·고 내내 공부는 전폐하고 운동만 했었기 때문이었다.

그럼에도 나는 희망이 있다고 생각했다. 공부를 전혀 하지 않고 쳤던 시험에서 60명 중 10등을 했기 때문이다. 인문계보다 공고에 온 친구들은 나처럼 공부에 관심이 없는 친구가 대다수였다.

"조금만 하면 될 수도 있겠는데?"

그렇게 나는 처음으로 시험공부라는 것을 하게 됐다. 나는 반에서 제일 공부를 잘했던 친구에게 노트를 빌려서, 수업에서 필기했던 내용 중 빠뜨린 내용이 없는지 점검하기 시작했다. 그리고 시험 2주 전부터는 본격적으로 시험공부에 돌입했다. 전날 벼락치기조차 하지 않던 내게는 상상도 할 수 없는 일이었다. 태권도부 연습을 마치고도 곧장 독서실로 가서 공부하곤 했다.

기다렸던 시험일. 시험지 답안을 대충 휘갈기고 엎드려 자기 바빴던 나는 시험문제의 정답이 보이는 신기한 경험을 하게 됐다. 나는 시험 종료 종이 울릴 때까지 정답을 확인했고, 시험이 끝날 때쯤 주변을 돌아보니 친구들은 모두 엎드려 자고 있었다.

"태원아, 니 왜 안자고 문제 계속 풀었노? 공부 좀 했나?"

시험을 마친 친구들이 내게 다가와 물었다. 뒤에서 나를 지켜보고 있었던 모양이다.

"혹시 니 공부한 건 아니제?"

친구들은 배신자를 심문하듯 내게 물어왔다. 나는 그냥 잠이 안 와서 풀어봤다며 싱긋 웃으며 넘겨버렸다.

며칠 뒤 종업식에서 선생님은 한 명씩 이름을 부르며 성적표를 나눠주셨다.

"오태원!"

선생님은 내 이름을 부르셨고, 나는 성적표를 얼른 받아 친구들 몰래 살짝 열어보았다. 건축과 전체에서 1등이었다.

"니 성적 잘 나왔나? 와 혼자 실실 웃노?"

기쁨을 숨기지 못한 내 얼굴을 본 짝꿍이 물었다. 나는 성적이 오르긴 했다며 얼버무렸다. 전교 1등을 했다고 말하기가 어찌나 어색하던지.

그런데 성적표를 나눠주기를 마친 선생님이 말했다.

"이번에 전교 1등이 우리 반에서 나왔다. 박수!"

친구들은 좌우로 고개를 돌리며 어리둥절하며 박수를 쳤다. 원래 우리 반에는 공부를 잘하는 친구가 없었기 때문이었다.

"태원이가 1등을 했다. 공부 열심히 했는갑드라."

선생님이 공식적으로 내가 전교 1등임을 밝히자 교실은 순간 정적에 빠졌다.

"저 친구가 1등이라고요? 맨날 학교도 늦게 오고 운동하러 가는 놈이 뭔 1등입니까?"

친구들이 못 믿겠다는 듯이 선생님께 말대답을 했다. 이내 그것이 진실임을 알게 되자 믿을 수 없다는 눈으로 나를 바라봤다. 생애 처음으로 운동이 아닌 공부에서 성과를 낸 순간이었다.

학교에 불려간
아버지

전체 1등 발표 후, 선생님은 집에 가려던 나를 교무실로 불렀다.

"태원아, 다음 주 중으로 아버지 한번 학교로 오시라고 해라."

선생님은 책상 위에 있던 서류를 정리하며 말씀하셨다.

"선생님, 아버지는 와예?"

나는 걱정 반 기대 반 선생님께 물었다.

"니 장학금 줄라고 안 그라나."

선생님은 축하한다는 듯 말씀하셨다.

전체 1등에 장학금까지? 부모님께 효도를 일찍 한 것 같은 대견한 기분이 들었다. 그러고는 전체 1등 소식을 전하기 위해 헐레벌떡 집으로 향했다.

"아버지, 학교 함 가보이소."

집에 도착한 나는 아버지에게 자랑스럽게 말했다.

"또 뭐땜에 그라노."

아버지는 또 무슨 사고를 쳤냐는 듯 인상을 찌푸리며 말씀하셨다. 아버지의 예상치 못한 반응에 원래 말하려 했던 장학금 소식을 전하지 못한 채 대답했다.

"선생님이 와보시라 하더라고요."

그렇게 아버지는 장학금을 받으러 가는지도 모른 체 학교로 향하셨다.

"원아, 수고 많았다."

집으로 돌아온 아버지는 크게 기뻐하는 내색 없이 한마디 툭 건네셨다. 하지만 나는 그것이 최고의 칭찬이라는 것을 잘 알았다.

아버지는 워낙에 무뚝뚝했던 경상도 남자였기에 칭찬에는 영 인색하셨다. 그래도 전체 1등과 장학금은 학창 시절 내가 할 수 있었던 첫 효도였다.

건축을 향해
가라

공부도 해낼 수 있다는 잠재력을 발견한 뒤로 내게는 모든 것이 건축과 관련된 것으로 보였다. 특히, 건축 수업 시간에는 모든 집중력을 발휘했다. 수업 내용을 열심히 공부해야 나중에 취업도 할 수 있다는 단순한 생각에서였다.

"저건 어떻게 지은 거고?"

기차를 타고 가는 와중에도 먼발치에 있는 건물을 보며 건물을 장난감처럼 조립하고 분해하는 상상을 하는 것이 일상 속의 소소한 재미였다. 지루하기 짝이 없었던 미술 시간마저 흥미롭게 느껴졌다. 미술 숙제를 받았을 때는 만들고 싶은 건물을 어설픈 스케치 실력으로 그리기도 했다.

나중에 건축하는 데 어떤 도움이 될지는 모르겠지만, 무엇이라도 해 보자는 심산이었다. 수학 시간에는 책 뒷장이나, 노트, 책상 가릴 것 없이 낙서 같은 스케치를 하곤 했다.

이 시기만큼 순수하게 건축에 대해 접근했던 적은 없는 것 같다. 사회에 나와서는 생업에 치여 학창 시절 꿈꿨던 예술적인 건축은 해내지 못했으니 말이다. 그래도 고교 생활 동안 나의 건축가의 꿈은 무럭무럭 자라나고 있었다.

당당한 군인(공병대대) 오태원. 비상을 꿈꾸다.

그때 그 대문 (현재 모습)

책임감이 만든 악바리 근성

어릴 때부터 일만 하면서 자랐던 탓일까? 장남 역할을 해야 한다는 책임감 때문일까? 나는 불가능해 보이는 일마저 악착같이 몸으로 때워 결국 해내곤 했다.

"원아, 대문 좀 바꿔야겠다."

여느 때처럼 베어온 소꼴을 정리하던 내게 아버지가 말했다. 그 당시 우리 집 대문은 대나무를 일자로 세워놓고 조악하게 엮은 것이었다. 문 가까이 오면 누구나 집 안을 들여다볼 수 있을 정도였다.

"원아, 구포(현 북구청 옆)에 헌문 파는 집 있제? 거기서 철문 좀 사오너라."

아버지는 구포장을 갔다가 우연히 철문을 보고 바꾸고 싶다는 생각이 드셨던 모양이다. 나는 하던 일을 마무리하고, 나는 혼자서 헌 벽돌로 3일 동안이나 대문 기둥을 먼저 세워 놓고, 실로 폭을 잰 뒤 구포로 떠나기 위해 옆집에서 리어카를 빌려 와 끌고 문 앞에 섰다.

"형, 같이 가."

먼 길을 떠나는 나를 본 동생이 뛰어오며 내게 말했다.

"마, 내 혼자 가도 된다. 니는 아버지 일 도와드리고 있어라."

나는 아무 일도 아니라는 듯 대답하고 곧장 길을 나섰다. 물금에서 구포 가는 길은 약 50km로 매우 멀어서, 버스나 기차를 타고 가야 하는 거리였다. 심지어 가는 길은 비포장도로에 경사로가 연속해서 나오는 난코스였다. 그 길을 리어카까지 끌고 간다는 것은 말 그대로 고생길이 뻔히 보이는 것이었다. 다행인지 불행인지 겁이 없던 나는 리어카를 끌고 혼자 가볍게 발걸음을 옮겼다.

한다면 해낸다

구포 가는 길은 시간이 오래 걸렸지만, 해가 중천에 떠 있었고 짐이 실려 있지 않았기에 힘들지 않았다. 문제는 대문을 싣고 집으로 돌아가는 길이었다.

수십 킬로에 달하는 대문을 새끼줄(짚으로 꼰 줄)로 묶어 리어카에 싣다 보니, 줄이 터지기 일쑤였다. 줄을 다시 매느라 더욱 시간은 길어지고, 한 걸음 떼기조차 버겁게 느껴졌다. 내 다리는 금방 지쳐 떨리기 시작했고, 비포장도로의 야속한 돌부리는 나를 더욱 힘들게 만들었다.

"동생이라도 데리고 올 걸 그랬다."

나는 따라온다는 동생을 말렸던 것을 후회하며, 말동무라도 한 명 있었으면 좋겠다는 생각을 하며 집으로 향했다.

몇 시간이나 끌었을까? 갈 길이 아직 까마득한데 해가 뉘엿뉘엿 지고 있었다. 게다가 눈앞에는 경사가 어마어마한 오르막길까지 나타났다. 이 길을 올라가는 게 가능한 것인지 의문이 들 정도였다.

"내려올 때는 좋드만."

나는 깊게 심호흡을 내쉬고는 이내 힘을 주어 경사를 오르기 시작했다. 구포에서 물금으로 넘어가는 산길은 흔한 가로등 하나 없는 어둡고 무서운 밤이었다. 내게 들리는 소리라고는 바람에 흔들리는 나무 소리와 철커덩거리는 대문이 내는 쇳소리밖에 없었다. 시계도 없었던 나는 몇 시인지도 모른 체 악쓰며 리어카를 끌었다.

모든 것을 포기하고 싶을 때쯤, 익숙한 광경이 눈에 들어왔다. 굽이굽이 산길을 넘어 마침내 물금 동네로 들어온 것이다. 나는 마지막 힘을 짜내어 집으로 향했다.

마침내 도착한 집은 불이 꺼져 어두컴컴했다. 인기척을 들은 동생이 헐레벌떡 뛰어나와 나를 맞았다.

"형이 안 와서 걱정 안했나?"

동생은 안도의 한숨을 내쉬며 주저앉아 버린 나를 대신해 리어카를 모퉁이에 가져다 놓았다. 시계는 없었지만 그때는 대략 저녁 8시쯤 되었나보다. 오후 1시에 출발한 내가 장장 일곱 시간이 걸려 수십 킬로의 대문을 집 앞까지 옮겨놓은 것이다.

내게 이것을 지금 하라고 하면 절대로 해낼 수 없을 것이다. 그 시절 운동으로 다져진 악바리 근성과 장남 역할까지 해야 하는 책임감이 이런 일도 해낼 수 있도록 만든 원동력이었다.

갑자기 찾아온 병마

나는 고등학교를 졸업하고 건축가의 꿈을 이루기 위해 건축설계사무소에 취업했다. 공부를 더 해야겠다는 생각을 가진 나는 낮에는 건축설계사무소에서 일을 하고 저녁에는 야간 대학에서 건축 강의를 들었다.

꿈을 이루기 위해 하루하루를 살아가던 어느 날, 문제는 체육대회에서 벌어졌다. 축구로는 누구에게도 밀리지 않았던 나는 대학교에서도 축구 스타였다. 친구들은 나를 중심으로 팀을 꾸려 학교에서 열린 체육대회에 출전했다.

대회는 토너먼트 방식으로 총 32팀이 출전했다. 우리 팀은 만나는 팀마다 대파하고, 마침내 결승에 올랐다. 나는 승리를 위해 한순간도 벤치로 가지 않고 하루에 총 다섯 경기를 뛰었다. 장장 여섯 시간의 혈투 끝에 우리 팀은 우승컵을 들 수 있었다.

다음날 잠에서 깬 나는 몸에 이상이 있다는 것을 느꼈다. 몸을 아예 움직일 수가 없고, 가슴이 쿡쿡 쑤셔 숨을 쉬기도 힘들었다. 증상은 날이 갈수록 더 심해졌고, 몸살 정도로 그치지 않을 것 같은 불길한 예감이 들었다.

그렇게 나는 한 번도 가본 적 없었던 병원을 가게 되었다. 검사 결과 나는 '늑막염'이라는 진단을 받게 됐다. 고등학교 졸업 후 한동안 하지 않던 축구를 너무 무리하게 한 탓이었다. 의사는 늑막염 치료를 위해 결핵약을 처방했고, 나는 졸지에 결핵 환자와 같은 신세가 되어버렸다.

나는 늑막염이 생업과 학업에 영향을 미치지 않도록 최선을 다해 노력했다. 하지만 병은 차도가 보이지 않았고 주경야독을 했던 나는 하루하루 지쳐갔다.

"오태원 씨, 집에서 쉬셔야 합니다."

의사는 나를 보며 심각한 표정으로 말했다.

나로서는 어찌할 도리가 없었다. 회사에는 사표를 내고, 학교도 휴학했다. 모든 것이 멈춰버렸다. 사회로 첫발을 내디딘 내가 처음으로 좌절을 맛본 순간이었다.

병 치료를 위해 집에서 시간을 보내던 나는 좀이 쑤셔 미칠 지경이었다. 태어나서 한 번도 그토록 가만히 있어 본 적이 없었기 때문이었다. 지루함은 이내 무력감과 좌절감으로 변해 나를 괴롭혔다.

청년 시절
또 하나의 고민

건강만큼 신경 쓰였던 것은 나의 군대 문제였다. 원래 군대를 입대해야 됐으나, 늑막염 때문에 입대가 계속 미루어졌다. 냉정한 군의관은 완치되었다는 증명서가 있어야 입대할 수 있다며 나를 돌려보냈다.

친구들도 한 명 두 명 입대하면서 조바심은 커져만 갔다. 빨리 군대를 전역해야 사회생활을 하고 돈을 벌 수 있는데, 나는 집에서 아무것도 하지 못하는 신세였다.

동네 친구들이 하나도 빠짐없이 입대한 지 1년 정도 됐을까? 나는 의사로부터 늑막염이 완치되었다는 이야기를 듣게 됐다. 나는 병이 완쾌된 것보다 군대에 갈 수 있다는 생각에 더욱 들떴다.

입대는 신속하게 이루어졌다. 군대에 입대하니 나와 동갑인 사람들은 병장이 되어 군 생활을 마무리하고 있었고, 나는 두어 살 어린 동생들과 같은 계급이었다. 내 선임들은 밤마다 졸병들을 불러내어 연병장에 엎드려뻗쳐를 시키고, 삽으로 엉덩이를 때리곤 했다.

학창 시절 내 성질대로였으면 한 대 쥐어박아 버리고 싶었지만, 참고 또 참았다. 내 머릿속은 못다 펼친 꿈을 얼른 다시 펼쳐보고 싶다는 생각으로 가득했다.

때마침 문을 열고 들어오는 한 여성.

"저 여자가 오늘 약속에 나오기로 한 여자였으면."

순간 이런 생각이 머리를 스쳐 지나갔다. 내 바람이 이루어진 걸까. 여성은 또각또각 구두 소리를 내며 내 쪽으로 다가왔다.

"오태원 씨?"

여자는 나를 보며 내 이름을 불렀다. 나는 기쁜 마음을 간신히 숨기며 인사를 건넸다.

항상 미안한 결혼

첫 데이트에 된장찌개

아내와 내가 첫 데이트를 한 곳은 남포동이었다. 약속이 있던 그 날, 나는 하던 일을 마무리하고 약속 장소를 향해 달려갔다. 나는 토요일, 일요일도 현장에 나가야 했기에, 데이트를 할 시간이라고는 저녁 시간밖에 없었다. 저 멀리서 걸어오는 아내가 보였다. 아내를 발견한 나는 손을 높이 들어 좌우로 흔들었다. 아내도 나를 발견하고는 수줍은 미소를 지었다.

다시 만난 우리는 서로의 안부를 간단히 묻고는 정처 없이 거리를 걷기 시작했다.

"뭐 먹고 싶어요?"

남포동은 그 당시 부산 최대의 번화가였지만, 일밖에 몰랐던 내가 아는 음식점이라고는 한 곳도 없었다.

"된장찌개 좋아해요?"

걷다가 지친 내가 아내에게 물었다.

"엄청 좋아하죠."

별달리 아는 다른 식당도 없었던 나는 아내를 된장찌개 집으로 데려갔다. 된장찌개 집에 간 아내는 자연스럽게 웃으며 말을 걸어왔다. 하지만 조금 긴장한 탓인지 나는 몇 마디 하지도 못하고, 허기를 채우러 온 사람처럼 밥만 먹어댔다. 식사를 마치고도 커피를 한잔 마시거나, 데려다주는 것도 없이 다음에 만날 일자를 잡고는 곧장 집으로 돌아갔다.

지금 생각하면 정말 매너 없는 남자였지만, 당시에 나는 너무 순진해서 다른 사람들도 다들 그렇게 하는 줄로만 알았다. 다행히 털털한 아내는 그런 내 모습에도 전혀 개의치 않아 했다. 결혼한 후에야 비로소 알게 됐지만, 아내는 그날 된장찌개보다 돈까스를 먹고 싶었다고 말했다.

오태원, 결혼하다

아내와 어느 정도 연애를 하고 있었을 때쯤, 나는 아내를 집으로 데려가 부모님께 인사를 드렸다. 아내에게 프러포즈는 하지 않았지만 결혼하자는 신호를 보낸 것이다. 부모님은 아내가 마음에 든다며 얼른 결혼을 서두르라 말씀하셨다. 이것을 듣고 있던 아내도 나와 결혼하는 것이 싫지 않은 눈치였다.

내가 부모님을 뵙기 위해 고향 집을 방문한 어느 날이었다.

"저번에 누가 동네에 찾아왔더라."

동네 이웃들은 내게 급히 할 말이 있다는 듯 뛰어와 흥분을 가라앉히지 못한 채 이야기했다. 자초지종을 들어보니 아내의 친척이 동네를 찾아와, 나에 대해 묻고 다녔다는 내용이었다.

아내를 시집보내기 전에 남편 될 사람의 됨됨이를 알려고 먼 길을 찾아온 것이다.

"그 집 둘째 아들이랑 결혼하면 굶어 죽진 않을 끼다."

한 이웃은 내게 칭찬이라도 받으려는 듯 자신이 이렇게 말해줬다며 너털웃음을 지었다.

"됐다!"

나는 속으로 만세를 외치며 이웃들에게 감사하다는 인사를 건넸다. 나는 큰 관문 하나를 통과했다는 생각이 들었고, 이것이 아내와의 결혼을 성사 짓는 데 큰 역할을 할 것이라는 확신이 들었다.

그 덕분이었을까. 긴장된 마음으로 장인, 장모님께 인사드리러 갔을 때, 나는 그 자리에서 결혼 승낙을 받아낼 수 있었다. 그렇게 나는 결혼에 골인했다. 그때 내 나이 28세였다.

또 한 명의 가장, 내 아내

우리는 개금 백병원 근처 단칸방에서 신혼 생활을 시작했다. 나와 아내 모두 넉넉한 형편이 아니었기에, 좋은 신혼집을 얻을 수 없었다.

나는 어떻게든 가족과 아내를 책임져야 한다는 마음으로 일과 공부에 박차를 가했다. 내가 일과 공부에 몰두할수록 집안의 일은 오롯이 아내의 몫이 되었다.

열심히 일했기에 금전적으로 크게 부족하지는 않았지만, 어려운 문제들은 어김없이 찾아왔다. 아내가 첫 아이를 출산했을 때였다. 큰아들의 출생에 감사할 틈도 없이, 우리는 큰 걱정에 빠졌다. 큰아들은 선천적으로 약하게 태어나 체중이 2.5kg 에 불과했고, 다리도 휘어진 오다리였기 때문이었다.

아내는 몸을 추스를 새도 없이 아들을 병원에 데려 다니느라 정신이 없었다. 물론 그 사이에 집안일을 하지 않을 수도 없는 노릇이었다. 이런 모습을 지켜보던 장모님이 매일 우리 집으로 찾아와 아내를 도왔다.

병원을 갔다 온 어린 아들은 힘들었는지 잠을 이루지 못하고 새벽마다 울어댔다. 그때마다 일어나서 아들을 달래는 것도 아내의 몫이었다. 나는 내일 일하러 가야 한다는 핑계로 아들의 울음소리를 애써 못 들은 체하곤 했다. 잠든 척하며 흘겨본 아내는 혹시라도 내가 깰까 조용히 숨죽이며 아들의 등을 토닥이는 모습이었다.

아내의 헌신적인 노력 덕분에 아들은 무럭무럭 성장했고, 학교에 입학할 때 즈음에는 또래 친구들보다 덩치가 더 컸다. 그리고 휘어진 다리도 곧게 펴져서 아주 멀쩡한 모양새를 갖게 됐다.

아내의 희생과 헌신이 없었다면 불가능했을 일임을 알고 있었지만, 나는 아내에게 고맙다는 인사 한번 제대로 건네지 못했다.

몇 장이나 넘겼을까. 아들의 일기장에 적힌 내용을 본
나는 깜짝 놀랐다.

"아빠하고 휴가 한번 가보는 게 소원이다."

아들의 일기 첫 줄은 이렇게 시작하고 있었다. 함께 시
간을 보내지 못하는 아들의 섭섭함이 담긴 일기였다.

"내한테는 한 마디도 안하더니."

나는 미안함과 당혹감에 놀란 마음을 진정시키며 속으
로 혼자 되뇌었다. 나는 아들의 일기장을 더 넘길 용기
가 없었다.

"아버지 맞나?"

어린 시절 시골에서 강하게 자랐던 탓일까? 부모는 부모 역할에 충실하고, 아이들도 스스로 자기 일을 잘 챙기면 된다고 나는 생각하고 있었다.

"당신은 우리 아이 목욕 한번 시켜본 적 있소?"

도통 불만이 없던 아내가 갑자기 내게 물었다.

"그건 당연히 애 엄마가 할 일 아니가?"

나는 밖에 나가서 내 일만 충실히 하면 된다는 생각이었다.

당시에 나는 정말 눈코 뜰 새 없이 바빴다. 아침 5시에 일어나 간단하게 아침을 먹고, 5시 30분이 되면 곧장 집을 나섰다. 해가 뜨기도 전에 공사 현장으로 나가서 그 날의 일정을 점검하고, 7시부터는 인부들의 작업을 지시했다.

일을 시켜놓고 나면 주위에 좋은 분들과 다른 건축사 사장들을 만나서 정보를 공유하곤 했다. 그러다가 오후 6시쯤 현장으로 돌아와 진행 상황을 점검하는 것이 나의 일과였다.

일을 마치고 집으로 돌아오면 곧장 내 방으로 들어가서 잠들기 전까지 건축에 관한 공부를 했고, 주말에는 학원에 가서 건축사·기술사에 대한 강의를 들었다. 내가 가족에게 보이는 관심이라고는 아내와 아이들의 생사 확인 수준이었다.

나는 이변이 없는 한 매일 현장으로 나갔다. 정해진 예산과 일정에 맞게 건물이 완성되도록 감독하는 것이 내 일이었다. 생계가 먼저라는 핑계로 나는 너무도 무심한 아버지가 되어갔다.

아들의 일기장

하루는 아들이 공부는 잘하고 있는지 궁금한 마음에 책가방을 열어 노트 한 권을 펴보게 되었다. 그 노트는 다름 아닌 아들의 일기장이었다.

초등학교 3학년인 작은아들은 날마다 있었던 일을 착실하게 기록하고 있었다.

몇 장이나 넘겼을까. 아들의 일기장에 적힌 내용을 본 나는 깜짝 놀랐다.

"아빠하고 휴가 한번 가보는 게 소원이다."

아들의 일기 첫 줄은 이렇게 시작하고 있었다. 함께 시간을 보내지 못하는 아들의 섭섭함이 담긴 일기였다.

"내한테는 한 마디도 안하더니."

나는 미안함과 당혹감에 놀란 마음을 진정시키며 속으로 혼자 되뇌었다. 나는 아들의 일기장을 더 넘길 용기가 없었다.

일기장을 덮은 나는 고민에 빠졌다. 5년 동안 준비한 건축사 시험이 한 달 앞으로 다가와 있었기 때문이다. 한 시간이 아까운 심정으로 공부에 몰두하던 시기였다. 공부 리듬을 놓치면 다시 1년을 준비해야 할지도 모른다는 두려움도 있었다.

하지만 나는 아들의 일기장을 보고도 모른 체할 수는 없었다. 잠깐의 고민을 마친 나는 거실로 나가 말했다.

"얘들아, 주말에 아빠랑 계곡에 놀러 갈래?"

말이 끝나기 무섭게 아이들은 방방 뛰며 소리를 질러댔다. 주말이 되자 나는 아내와 아이들을 태우고, 집 근처 계곡으로 향했다. 계곡에 도착한 아이들은 옷을 갈아입지도 않고 그대로 물에 뛰어들었고, 나도 그 순간만큼은 동심으로 돌아가 아이들과 함께 즐거운 시간을 보냈다.

얼마나 시간이 흘렀을까? 충분히 놀아줬다는 생각이 들자, 아내에게 조용히 귓속말한 후 후다닥 차로 뛰어갔다. 아이들이 정신없이 노는 동안 차에서 조금이라도 더 책을 봐야 했다.

계곡에서 즐거운 시간을 보내고 집으로 돌아가는 차에서 아이들에게 말했다.

"아빠가 시간 나면 다른 데도 같이 가자."

이 말을 들은 아이들은 소리 지르며 박수를 쳐댔다. 하지만 나는 오랫동안 이 약속을 지키지 못했다.

스포츠카를 탄
아들

공부를 곧잘했던 큰아들은 동국대에 입학했다. 어느 날 전투경찰을 제대한 아들이 집으로 내려와 말했다.

"아버지, 저 재수해서 서울 소재 명문대학에 갈랍니다."

갑작스러운 재수 선언에 잠깐 놀랐지만, 군대에서 진로를 고민했을 아들을 생각하여 흔쾌히 도전해 보라고 말했다. 아들은 재수학원에 다니며 최선을 다해 준비하는 듯 보였다. 하지만 아들은 서울 소재 명문대학에는 떨어졌고, 부산대 건축과에 입학했다.

어느 날, 집으로 돌아온 나는 아내와 실랑이를 벌이고 있는 아들을 발견했다. 자초지종을 들어보니 아내는 아들이 서울 소재 명문대학에 합격하면 자동차를 사주겠다고 약속한 모양이었다.

원하던 대학에 가지 못한 아들은 부산대도 충분히 좋은 학교라며 약속을 지키라고 엄마에게 떼를 쓰고 있었다.

"니가 차가 뭐가 필요하노? 정신 차리라."

나는 아들에게 절대로 안 된다고 선을 그었다. 그런데 아들은 그 뒤로도 마음 약한 아내를 계속 들들 볶았던 모양이다. 몇 달 동안 끈질기게 졸라대는 아들에 지친 아내는 결국 중고차를 사주는 것으로 합의했다. 나도 재수하느라 고생한 아들이 구포에서 부산대학교까지 거리가 멀다는 이유를 대자 마지못해 중고차를 사주는 것에 동의했다.

나는 월말에 통장 내역을 확인하다가 이상한 부분을 발견했다. 2천만 원인 줄 알았던 차가 아니었던 것이다. 화가 난 나는 아들에게 당장 전화를 걸었다.

"마, 니가 무슨 대기업 회장 아들이가?"

나는 흥분을 가라앉히지 못하고 아들을 몰아 붙였다. 그날 저녁 아들은 집으로 찾아와 너무 갖고 싶어서 거짓말을 했다며 고개를 숙였다. 그리고 나는 단호하게 말했다.

"공부하는 학생이 차가 왜 필요하노. 이왕 샀으니 딱 1년만 타고 팔아라. 알겠나?"

아들은 예상 못한 듯 놀라며 1년 뒤에 무조건 팔겠다고 약속했다. 그렇게 사건은 일단락되는 듯했다. 하지만 2년이 지나도록 아들은 차를 팔지 않았다.

"니 이번 달 안에 차 팔아라. 아니면 내가 없에비린다."

나는 아들을 볼 때마다 이렇게 으름장을 놓았다. 아들은 2년 동안 타던 차를 도저히 팔기가 아까웠던 모양이다. 어느 순간부터는 주말에 집에 오지도 않고 나를 피해 다니기 시작했다. 내 전화도 받는 둥 마는 둥 하자, 그길로 아들이 사는 원룸 주차장을 찾아갔다. 차는 거기에 있었고, 나는 보자마자 달려가 축구공인 마냥 차바퀴를 걷어차기 시작했다.

다음 날 자신의 차를 발견한 아들은 곧장 연락을 해왔다.

"아버지가 내 차 이래 만들었습니까?"

"그래 내가 그랬다 우짤래?"

나는 이 차 때문에 나를 피해다니는 아들이 보기 싫었다. 내 표현이 거칠었지만, 내가 원한 것은 원칙과 약속을 지키는 사람의 모습을 보고 싶었던 것이다.

　그 뒤로 한동안 우리 부자간에는 어떠한 대화도 없었다. 아들은 6개월이 지나서 나를 찾아왔다.

　"아버지, 제가 잘못했습니다. 화 푸십시오."

　"공부 잘하고 사업 잘하고 그런 거는 하나도 안 중요하다. 먼저 인간이 되어야지."

　나는 진심으로 아들이 올바른 사람이 되기를 바라는 마음이었다.

2

—

누구도 가지 않은 길,
내가 걸어온 길

연이은 문전박대를 견디다 보니 시간은 어느새 6개월이나 흘러 있었다. 나의 희망은 희미해져 갔고, 길어지는 더부살이에 더 친구 눈치가 보였다. 나를 가로막는 거대한 벽이 나를 오도 가도 못하게 만드는 것만 같았다.

"촌놈이라고 무시하나?"

나는 보란 듯이 성공하리라 다짐하며 서울을 떠났다.

죽기 살기로 치열하게

늑막염을 극복하고 간신히 들어간 군대에서도 공부벌레 근성이 작동했다. 졸병 시절, 낮에는 공병대대에서 부대 공사를 하고 저녁에는 기합을 받는 일상이 매일같이 반복됐다. 이런 상황에서도 눈치를 살피며 휴가 때 가져온 책으로 공부했다.

나는 상병이 되어서야 눈치를 보지 않고 자유롭게 공부할 수 있었다. 어느 날 나를 유심히 지켜보던 중대장이 나를 불렀다.

"오 상병, 니는 자격증이 왜 이렇게 많노?"

나는 그 당시 건축기사, 건설안전기사, 조경기사, 소방기사 자격증 등을 가지고 있었으니, 부대원 중에서도 자격증이 제일 많은 축에 속했다. 나는 자랑스럽게 대답했다.

"학교 다닐 때 다 딴 겁니다."

중대장은 대단하다는 눈빛으로 나를 바라보며, 휴가갔다 돌아올 때 내가 공부했던 책을 가지고 와보라고 말했다. 그리고 얼마 지나지 않아 나의 성실함과 재능을 알아본 중대장의 추천으로 부대를 옮겨 공병대대 건축설계병으로 근무하게 되었다.

나는 건축설계병으로 부대시설들을 설계하면서 자연스레 실무 경험도 쌓을 수 있었다. 게다가 부대시설을 설계한다는 좋은 핑곗거리까지 생기면서 나는 누구의 눈치도 보지 않고 공부에 몰두할 수 있었다.

돈 없고, 빽 없는
청년 오태원

군대 전역 후, 마음 같아서는 더 좋은 대학에 가고 싶었다. 하지만 오직 부모님께 효도해야 된다는 마음뿐이었기에, 빨리 취직을 해야겠다는 생각밖에 없었다.

나는 해가 뜨자마자 곧바로 구포도서관으로 향했다. 당시 구인 공고는 신문에 실렸는데, 신문 살 돈조차 아까웠기 때문에 도서관으로 매일같이 향한 것이었다. 구포도서관에 자리를 잡은 나는 신문을 잔뜩 쌓아놓고 모집 공고를 하나씩 수첩에 메모하곤 했다.

구직 공고를 낸 건설회사 대부분은 서울에 있는 기업들이었다. 서울에 희망이 있다고 생각한 나는 다짜고짜 서울로 상경하리라 결심했다. 나는 곧장 공중전화로 달려갔다. 그러고는 서울에서 자취하고 있는 고향 친구에게 전화를 걸었다.

"야, 내 느그 집에 신세 좀 져도 되겠나?"

내 사정을 아는 친구가 흔쾌히 승낙했다.

"우리 집에 와서 취업 준비 좀 해 봐라."

며칠 뒤, 나는 바리바리 싼 보따리 짐을 싸들고 완행열차에 올랐다. 그러고는 금의환향하겠다는 비장한 각오로 서울로 향했다.

서울에서도 도서관에 가서 모집 공고를 정리하고, 공중전화로 회사마다 전화를 거는 것이 하루 일과였다. 그렇게 나는 수십 개의 회사를 찾아가서 면접을 보았지만, 경기가 나쁜 탓에 매번 낙방했다.

처음에는 금방 취업이 될 것이라 생각했지만, 한 달 두 달이 지나자 내 마음은 점점 조급해졌다. 언제까지 친구 집 눈칫밥을 먹을 수도 없는 노릇이었고, 부모님께 얼른 좋은 소식을 전해드려야 한다는 부담감도 커져만 갔다.

급기야 나는 해가 뜨기도 전에 일어나 오다가다 봐두었던 공사판을 다짜고짜 찾아가 현장 소장에게 말했다.

"여기 기사 모집하십니까?"

그때마다 소장은 별로 관심 없는 표정으로 말했다.

"지금은 사람 모집 안 합니다."

나는 건축기사 자격증 등 건설 관련 몇 개의 자격증이 있다며 자랑을 해봤지만, 취업의 벽은 너무나도 높게만 느껴졌다.

연이은 문전박대를 견디다 보니 시간은 어느새 6개월이나 흘러 있었다. 나의 희망은 희미해져 갔고, 길어지는 더부살이에 더 친구 눈치가 보였다. 나를 가로막는 거대한 벽이 나를 오도 가도 못하게 만드는 것만 같았다.

결국 서울에서 취업을 포기하기로 결정했다. 친구에게 감사의 인사를 건네고 부산으로 향하는 완행열차에 올랐다.

"촌놈이라고 무시하나?"

나는 보란 듯이 성공하리라 다짐하며 서울을 떠났다.

그간의 구직 경험 덕분인지 부산에서의 구직 활동은 한결 수월했다. 한 사장님은 어리고 패기 넘치는 나를 좋게 보며 함께 일해 보자고 제안했다. 그렇게 나는 '오성개발'이라는 회사에 현장 소장으로 취직하게 되었다. 지난날의 힘든 순간들을 한 번에 보상받는 것만 같았다.

메모, 메모, 메모

그렇게 취업을 하고서도 나는 공부를 손에서 놓지 않았다. 일만 하기도 벅찬데, 공부까지 하려다 보니 시간 관리가 정말 중요해졌다. 자연스럽게 한 번에 여러 가지 일을 처리하는 노하우가 생겨났다. 그중 하나가 바로 내 주변을 온통 메모로 채우는 것이었다. 나는 방문, 책상, 냉장고까지 온통 공부한 내용을 메모해서 붙여놓았다.

메모는 건축기사 1급을 공부할 때부터, 국내 최초 건축, 건설안전기술, 토목시공기술 3관왕이 되기까지 이끌어준 나만의 공부방법이다. 이 습관은 지금까지 이어져 지금도 출근길에 차가 막히면 메모한 내용을 읽으면서 혼자서 중얼대곤 한다.

메모에는 부작용도 많았다. 아내는 집안 곳곳에 붙은 메모들이 지저분하다며 매번 나를 나무랐다. 그리고 어느 날에는 메모에 너무 집중한 나머지, 차가 논두렁으로 빠지는 곤욕을

겪기도 했다.

　그럼에도 불구하고 나는 이 습관을 포기할 수 없었다. 자투리 시간을 활용할 유일한 방법이기도 했고, 하루하루 실력이 늘어가고 있음을 체감할 수 있었기 때문이었다. 그렇게 공부를 해야 한다는 집념으로 시작했던 메모는 점차 일상 속의 작은 재미로 바뀌어갔다.

양심이 거부한
박사학위

　사업이 안정기에 접어들 때쯤이었다. 주변 지인들은 하나둘 중국으로 진출했고, 나는 그들이 큰 성공을 맛보는 것을 옆에서 지켜보았다. 동아대학교 건축공학과 대학원 석사학위로 졸업하고 박사학위는 외국에서 받고 싶었던 차에 자연스럽게 나도 대륙으로 진출하여 사업가로서 한 단계 더 성장하고 싶다는 큰 꿈을 품게 되었다. 곧바로 계획 세우기에 돌입했다.

　나는 무턱대고 중국에 진출하기보다, 그들의 언어와 문화를 먼저 이해해야 할 필요가 있다는 생각이 들었다. 그리고 현지에서 공부하는 것이 최고의 방법이라 판단했다. 여러 학교를

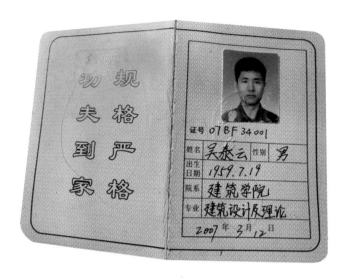

하얼빈 공대 박사과정 학생증

수소문한 끝에 나는 중국 하얼빈대학교에 박사과정으로 입학
하게 되었다.

그렇게 진출한 중국. 나는 칼을 뽑았으면 무라도 썰어야 한
다는 심정으로 못하는 중국어를 더듬더듬해 가면서 교우관계
를 위해 최선을 다했다. 말은 잘하지 못했지만 친밀한 인간적
관계를 유지하여 언어나 문화 차이는 금세 극복할 수 있었다.

나는 박사학위 취득을 위해 낮에는 학과 공부에 전념했고, 저녁에는 중국어 과외를 받으면서 중국 진출을 위한 역량을 다지기에 최선을 다했다. 물론 수업이 없는 날에는 한국으로 돌아가 본업에 충실해야만 했다. 정말 눈코 뜰 새 없이 바쁜 나날들이었다.

시간은 빠르게 흘렀고, 나는 3년 만에 박사학위를 취득할 수 있는 기회를 맞았다. 담당 교수에게서 축하한다는 연락이 오자 나는 무언가 이상한 기분이 들었다.

"내가 3년 만에 박사학위를 받을 만큼 열심히 한 거 맞나?"

나는 이 정도 노력으로 박사학위를 받는다는 것이 거북하게 느껴졌다. 내 양심이 허락하지 않는 느낌이었다. 고민을 거듭한 끝에 나는 박사학위를 받지 않기로 결심했다. 박사학위를 받지 않겠다는 뜻을 전하자 교수와 교우들이 깜짝 놀랐다.

"왜 박사학위를 줘도 안 받나?"

교수가 이해할 수 없다는 표정으로 내게 말했다.

"받을 자격이 안 됩니다."

나는 중국어로 내 마음을 솔직하게 털어놓으며 정중하게 거부했다. 교수와 학교 측 관계자들이 난리가 났다는 소식이 전해져 왔다. 학교 설립 후 박사학위를 준다고 해도 거부하는 학생은 처음이라고 하면서 학교에서는 계속 권유를 했지만, 내가 박사학위를 받을 만큼 공부가 되어 있지 않았다고 스스로 판단했기 때문에 양심상 끝까지 거부하기로 결심한 것이다.

공부 흔적들 (치열하게 스스로 만들어낸 나만의 공부법)

국내 최초
건축사·건설안전기술사·토목시공기술사 3관왕

55세, 7년간 준비했던 토목시공기술사에 최종 합격하면서 21년만에 마침내 국내 최초 3관왕이 되었다. 일과 공부밖에 몰랐던 지난날의 기억이 머릿속을 스쳐 지나갔다.

첫 합격, 건축사

나는 34살에 건축사 공부를 시작해서 39세에 건축사가 되었다. 처음으로 건축사 시험에 합격했던 순간이었다. 내 가족들과 친구들은 마치 자신이 합격이라도 한 듯 방방 뛰며 기뻐했다.

"내가 합격할 수 있겠나?"

스스로도 확신하지 못했던 지난날. 그러나 나는 당당하게 합격했다. 내 머릿속에는 없는 시간을 쪼개어 공부했던 기억들이 주마등처럼 스쳐지나갔다.

합격을 축하하는 소소한 뒤풀이가 끝나고 나는 사무실로 돌아와 의자에 기대앉아 잠시 생각에 잠겼다. 가장 먼저 떠올랐던 기억은 고등학교를 갓 졸업하고 입사했던 건축설계사무소의 기억이었다.

그때 설계사무소 사장님도 건축사셨다. 직원들에게 거침없이 작업을 지시하던 사장님은 대통령보다 높아 보였다.

"나도 저렇게 될 수 있겠나?"

그 당시 사장님을 보며 속으로 되뇌었던 말이었다. 그로부터 20년, 나도 마침내 그 사장님과 같은 위치에 올라섰다. 그때 나는 기쁨의 미소로 두 어깨와 입 꼬리는 한껏 올라가 있었다.

공부를 멈추지 않았던 이유

건축사를 따고 나서도 공부를 계속해 나갔다. 공부하는 내 모습을 본 주변 지인들은 이해할 수 없다는 듯 물었다.

"또 공부하나? 저번에 건축사 땄잖아?"

그들이 생각하기에는 건축사 자격증만 있어도 먹고 사는 데는 전혀 지장이 없었기 때문이었다. 공부를 계속하는 것은 가족들에게도 환영받지 못했다. 가족과 함께 보내야 할 시간에도 공부를 했기 때문이다. 그리고 가족들도 공부할 시간에 사업을 더 키우는 게 낫지 않느냐고 말하곤 했다.

그런 질문들을 계속해서 듣다 보니 내가 공부하는 진짜 이유가 무엇인지 깨달을 수 있었다. 공부를 해야겠다고 마음먹었던 이유는 자격증을 따야 가족을 먹여 살릴 수 있다는 생각에서다. 하지만 건축사를 딴 시점에 나는 이미 생업을 위해 공부하는 단계를 넘어 있었다. 나는 대한민국에서 건축 토목 분야에 최고 전문가가 되고 싶었던 것이다.

나는 공부가 재미있었다. 그리고 공부는 그저 내 분야에서 최고가 되기 위한 것이었다. 그렇기 때문에 해왔던 것처럼 묵묵히 나아간다면 3관왕도 어렵지 않다는 것이 나의 판단이었다.

결과적으로는 3관왕의 결과를 만들어내기는 했지만, 내가 매번 시험에 합격했던 것은 아니다. 세 개의 건축사·건설안전기술사·토목시공기술사를 합격하는 데 21년이 걸렸으니, 적어도 수십 번은 낙방했던 것이다.

최대한 빨리 합격하기 위해서 최선을 다하기는 했지만, 시험은 내게 쉽게 합격을 허락하지 않았다. 매년 탈락의 고배를 마시면서 아쉬움도 많았지만, '진인사대천명(盡人事待天命)'이라는 말을 새기며, 하루하루 최선을 다해 한 걸음 한 걸음 나아간 결과였다.

겸손함으로
나아가다

나는 성공한 주변 사업가들이 관심을 갖곤 했던 좋은 차, 좋은 집, 노는 것에는 별로 관심을 갖지 않았다. 친구들이 비싼 해외여행을 함께 가자고 권유했을 때도, 나는 공부 내용이 적힌 메모를 주머니에 넣고 금정산을 오르곤 했다. 소소하게 재미를 느끼며 시간을 알차게 보내는 것이 가장 중요했기 때문이었다.

사업이 어느 정도 궤도에 이르자 내 일상은 공부를 중심으로 꾸려졌다. 6시에 일어나서 8시까지 공부를 한 다음, 회사에 나가서 중요한 미팅을 진행했다. 오후에는 서면에 있는 학원에서 저녁 늦게까지 공부하곤 했다. 내가 자리를 비워도 잘 돌아가도록 구조를 만들어 놓은 덕분이었다.

건축사 취득 후 16년이 흘러, 나는 마침내 3관왕을 달성할 수 있었다. 3관왕이 되자 주변 사람들의 태도가 달라졌다. 회사 직원들이 나를 대하는 태도가 달라졌고, 나에게 영감을 받아 공부를 시작하는 직원들도 생겨났다. 그리고 미팅에서 만나는 건설 관계자들은 내 명함에 적혀 있는 3관왕 타이틀을 보고 흠칫 놀라는 모습이었다. 부산시 건축심의위원으로도 임명되면서 나는 명실상부 최고라는 생각에 도취되었다.

그럼에도 불구하고 나는 어릴 적 아버지께서 입이 닳도록 말씀하셨던 가르침을 잊지 않았다.

"태원아, 벼는 익을수록 고개를 숙여야 하는 기라."

질리도록 들었던 상투적인 말이었지만, 사람이 성장할수록 이것만큼 중요한 것이 없다고 생각한다.

저는
아버지의 아들입니다

'국내 최초 건축사·건설안전기술사·토목시공기술
사 3관왕!'

내 이름과 사진을 대문짝만하게 건 기사가 『부산일보』에 났
다. 나와 친하게 지냈던 북구 친구들이 3관왕을 축하하기 위
해 잔치를 열어주었다. 나는 잔치의 주인을 내가 아닌 아버지
로 만들 생각이었다. 3관왕이 될 수 있었던 것은 순전히 아버
지 덕이었다는 생각에서였다.

"왜 공부를 계속하노? 사업 확장에 집중해야지."

지인들뿐만 아니라 가족도 이런 충고를 할 때, 유일하게 공
부를 계속해야 한다고 용기를 주었던 사람이 바로 아버지였다.
이 당시, 몸이 쇠약해진 아버지는 요양병원에 계셨다. 나는 아
내와 함께 병원으로 찾아가서 아버지에게 합격 소식을 전했다.

"태원아, 잘했다."

아버지는 들릴 듯 말 듯한 목소리로 말씀하셨다. 아버지를
모시고 연회장에 도착해서 잔치를 열어준 친구들과 지인들에
게 먼저 감사의 인사를 전했다. 그리고 곧장 아버지를 앞으로

누구도 이루지 못한 3관왕. 오태원 21년만에 이루다.

모셨다.

"제 아버지가 오늘의 오태원을 만들었습니다."

나는 아버지에게 몸을 숙여 큰절을 올렸다. 아버지는 연회장에 모인 800여 명의 사람들을 보며 감격에 찬 눈으로 내게 말했다.

"태원아, 내가 못 이룬 꿈을 이뤘구나."

아버지의 눈은 눈물을 글썽이며 빛나고 있었다.

"아버지, 울지 마이소."

자식들을 키우느라 고생만 하신 아버지. 약해진 모습을 보며 눈물이 흘러내릴 것만 같았지만, 아버지 앞에서 약한 모습을 보일 수는 없었다.

아버지는 이날의 잔치 뒤로도 3년 동안 병원에서 씩씩하게 병을 이겨내셨다. 나는 아버지가 더 오래 계셔줬으면 좋겠다는 생각을 하며, 좋은 기억을 만들어드리려 최선을 다해 노력했다. 아버지는 결국 떠나셨지만, 아버지와 함께했던 추억, 아버지의 가르침은 내 속에 고스란히 남아있다.

고생만 하신 아버지. 어느새 지나 버린 추억이 됐지만, 이 날의 아버지는 아직도 사진 속에서 환하게 미소 짓고 계신다. 아버지 감사합니다. 사랑합니다!

■ 부산 북구 구포동 본청건축사사무소 오태원 대표

주경야독하며 건설·토목 최고자격증 3관왕

"건축·건설 분야에서 국내 최고가 되겠다는 자신과의 약속을 지키게 돼 너무 흡가분합니다."

최근 부산 북구 덕천동의 한 뷔페 음식점에서는 50대 늦깎이 수험생의 국가기술자격증 취득을 축하하는 이색적인 잔치가 열렸다. 북구지역 주민 700여 명이 참석한 이날 잔치의 주인공은 부산 북구 구포동 본청건축

부산성지공고 건축과 졸업
건축사·건설안전기술사 이어
최근 토목시공기술사 합격
평소 불우이웃돕기 등 선행
지역 주민이 축하연 마련

사사무소 오태원(55) 대표. 이 행사는 오 대표가 토목 분야 최고 자격시험으로 평가받는 토목시공기술사 시험을 지난해 말 통과한 것을 축하하려는 지인들의 주도로 개최됐다.

오 대표는 이에 앞서 몇 해 전에는 건설안전기술사 시험이 통과했다. 건설·토목 분야에서 최난이도를 자랑하는 시험에 잇따라 합격한 것이다. 국내에서 현직 건축사가 '기술 분

야의 고시'라고까지 불리는 이같은 자격 시험을 연어어 통과한 것은 이번이 처음이다.

"지난 20여 년 동안 아무리 바빠도 매일 2~3시간씩은 반드시 공부를 했습니다. 독서실도 자주 갔지만 차를 타고 가다가 정지 신호에 걸리면 그 시간에 메모 노트를 보며 공부를 하는 등 자투리 시간을 최대한 활용했습니다."

오 대표의 남다른 공부 욕심은 지난 1979년 부산 성지공고 건축과를 졸업하면서 본격화됐다. 낮에는 건축 공사 현장에서 일하고 밤에는 공부를 하는 생활을 계속하면서 부산

외대 법대를 거쳐 동아대 대학원 건축학과로 진학했다. 건설안전기사 2급, 건축기사 2급, 소방기사 2급 등 10여 개의 자격증을 취득한 끝에 건축사 시험에 합격했다.

오 대표는 "그동안 많은 시험에 숱하게 떨어지는 과정에서 제 자신의 한계를 시험해보고 싶다는 오기도 어느 정도 있었던 것 같다"며 "시간을 쥐어 짜면서 치열하게 살아온 것이 오늘날 성공의 밀거름이 됐다"고 말했다.

그는 어려운 가정 형편 때문에 제대로 공부하지 못하는 사람들의 아픔을 보듬는 일도 이어가고 있다. 자신이 직접 지은 빌라 건물의 두 세대를 검정고시를 준비하는 고학생 등에게 무료로 임대하는 등 현재까지 그의 도움을 받아 학업을 이어간 이들은 수십 명에 달한다.

특히 부산 북구생활체육회 회장을 맡고 있는 오 대표는 구포3동 노인정과 청년회 초소 등을 지어 무료 기탁하는 등 자신의 전공을 살린 선행 활동을 계속 이어가고 있다.

오 대표는 "요즘 젊은이들을 보면 너무 쉽게 포기하는데 꾸준히 도전하면 반드시 좋은 결과를 얻을 수 있을 것"이라며 "이제는 그동안 공부 한다고 제대로 하지 못한 봉사활동에 더욱 매진하고 싶다"고 말했다.

천영철 기자 cyc@busan.com

2013년 2월 8일 『부산일보』 기사
원문 : www.busan.com/view/busan/view.php?code=20130208000075

그 짧은 순간에 지난 삶이 주마등처럼 스쳐 지나갔다.

"아들이 이렇게 먼저 가면 부모님이 얼마나 슬프겠노?"

나는 수많은 생각들 중에서도 부모님께 죄송한 마음이 가장 먼저 떠올랐다.

그러고는 그 자리에서 그대로 고꾸라졌다. 동료들이 바닥에 쓰러진 나를 구급차에 태워 병원으로 데리고 갔다.

열정 많은 현장 소장으로

나는 서울에서 3개월간의 구직 활동을 접고, 친구에게 감사의 인사를 남긴 채 부산으로 내려왔다. 그리고 부산에서 다시 시작하리라 마음을 다잡았다. 나는 더 이상 어리숙한 면접자가 아니었다. 수많은 회사에서 탈락하면서 내게 무엇이 더 필요한지, 어떤 말을 해야 할 것인지 충분히 준비되고 보완되어 있는 상태였다.

거기에 좋은 인연까지 작용했다. 부산에서 면접을 봤던 한 회사 사장님이 나를 아주 호의적으로 봐주신 것이다.

"군대 갓 전역한 친구가 아직 뜨끈뜨끈하고 아들 같네. 자격증도 많고. 내랑 함 일해 보자."

그 회사 이름이 부산에서 아파트 시공을 했던 '오성개발'이었다. 드디어 나의 진가를 알아주는 사람을 만났다는 감격에 벅차올랐다. 그길로 공중전화로 달려갔다. 제일 먼저 아버지에게 알리고 싶었다.

한따까리 붙어보자!

그때는 1983년으로 부산에 한창 아파트 붐이 불기 시작했을 때였다. 부산 시내 곳곳에 아파트들이 들어서기 시작했고, 내가 근무했던 오성개발도 부산 시내 곳곳에 아파트를 지었다.

나는 입사하자마자 현장 소장으로 아파트 건설 현장에 투입됐다. 건축기사 등 여러 자격증이 있었지만, 실전에서 일해 본 경험이 전혀 없었기 때문에 현장에는 완전히 까막눈이었다.

어리고 경험 없는 신참내기 현장 소장이 현장으로 오자 오랫동안 일했던 반장과 하청업체들이 나를 은근히 무시하기 시작했다. 내 방식대로 현장을 지휘하려 했지만, 반장은 내 방식이 틀렸다며 매번 시비를 걸어왔다.

나는 비록 어렸지만, 현장 소장이었기 때문에 주도적으로 작업을 이끌어야만 했다. 그래야 작업을 문제없이 일정대로 끝낼 수가 있었기 때문이다.

아파트 공사가 한창이던 어느 날, 반장은 또 일을 할 줄 모른다는 투로 시비를 걸어왔다. 나는 참다 참다 결국 폭발했다.

"그냥 내가 시키는 대로 하이소!"

반장은 두 눈을 부릅뜨고 언성을 높이며 반말을 해대기 시작했다.

"군대 갓 전역한 놈이 니가 뭘 안다고?"

반장은 나보다 덩치도 크고 나이도 많았지만, 나는 혼쭐을 내줘야겠다는 생각을 하게 됐다. 그래서 나도 똑같이 언성을 높였고, 말싸움이 점차 몸싸움으로 번지면서 주변 사람들이 뛰어와 말리기 시작했다.

"한판 붙자."

반장은 내게 본때를 보여주려는 듯 결투를 신청했다. 나는 학창 시절 내내 운동을 했었고, 갓 전역해서 혈기가 가득했기 때문에 전혀 겁이 나지 않았다. 순순히 결투를 받아들였다.

"그라면 한따까리 해봅시다."

몇 차례 주먹질도 잠시. 반장은 다리를 비틀거리며 이내 주저앉아버렸다. 몇 시간 뒤, 반장이 씩씩거리며 사장님과 회의 중인 회의실로 찾아왔다.

"한 번 더 붙자."

반장은 계속해서 똑같은 말만 해댔다.

"나와 봐라. 한 번 더 붙자."

사장은 어리둥절한 표정으로 내게 물었다.

"와 저라는데?"

자초지종을 말씀드리자 사장님은 고개를 아래위로 끄덕였다. 그러고는 내게 소장은 강단이 있어야 한다고 말을 하면서도, 다시는 싸우지 말라고 경고했다. 나는 가능한 이런 일이 벌어지지 않도록 잘하겠다는 말을 남기고 회의실을 나갔다.

그러나 현장으로 돌아온 나의 위상은 달라져 있었다. 흥분을 가라앉힌 반장은 아무런 말도 하지 않았고, 인부들과 목수들은 내 말에 곧잘 수긍했다. 어리고, 작고, 현장도 잘 모르는 어린놈에서 강단 있는 젊은이가 비로소 된 것이다.

끝까지 최선을 다해

그 이후로는 나의 주도로 공사가 막힘없이 진행되었다. 하지만 내가 지휘한 현장에서 완성된 아파트는 곳곳에

하자가 많았다. 마감이 깔끔하지 않고, 이곳저곳에서 물도 새고 있었다. 나의 실무 경험이 부족한 탓이었다.

곧바로 인부들과 함께 하자보수 공사에 돌입했다. 현장에서 일하는 하도급 인부들은 공사 경험이 많았다. 하지만 아파트 건설 경험은 부족했고, 현장에는 사태를 해결할 사람이 한 명도 없는 상황이었다.

나도 나름대로 하자를 보수해 보려고 노력했지만, 성에 차지 않았다. 마음이 답답해진 나는 퇴근길에 고등학교 은사이셨던 임대식 선생님 댁으로 찾아갔다. 선생님은 학교 선생님이 되시기 전에 현장에서 오랫동안 계셨던 분이었기에 도움을 받을 수 있겠다 싶었던 것이다.

선생님은 내 이야기를 듣고는 작업 순서와 방식을 세세하게 알려주셨다. 다음 날 현장으로 돌아간 나는 선생님께 배운 대로 인부들에게 지시를 내렸다. 보수 작업을 마쳤을 때, 아파트는 하자가 말끔히 해소된 완벽한 아파트가 되어 있었다.

하자보수 경험은 훗날 주택 건축 사업을 하면서도 없어서는 안 될 큰 자산이 됐다. 그리고 지금도 현장을 돌며 직원들에게 이때의 경험들을 전수해 주고 있다.

느닷없이 찾아온 죽음의 위기

나는 여러 난관들을 돌파해 나가면서 현장을 잘 관리했다. 하지만 현장에는 돌발적인 사건 사고가 끊이지 않았다. 현장 한켠에 있었던 사무실에서 견적서를 뽑고 있던 때였다. 반장이 허겁지겁 달려와 말했다.

"소장님, 불났습니다!"

나는 1초간 멍하니 멈췄다가 곧장 정신을 차리고 현장으로 헐레벌떡 뛰어갔다.

현장으로 나가보니 불이 활활 타오르고 있었다. 물웅덩이에 전선이 빠지면서 주변 자재로 불이 옮겨 붙은 것이었다. 큰일이 났음을 직감하고 빨리 차단기를 내리라고 고래고래 소리를 질러댔다. 그리고 나와 인부들은 소화기를 가지고 와서 불을 향해 마구 뿌렸다. 다행히 초기 진화에 성공해서 큰불로 번지지는 않았다.

잔불을 정리하고 웅덩이에서 전선을 꺼내기 위해 전선을 붙잡았다. 그 순간 온몸이 딱딱하게 경직되면서 전기가 통하기 시작했다. 전기에 감전된 것이다. 나는 온 힘을 다해서 전선을 떼려 노력했지만 몸을 한 치도 움직일 수 없었다. 나는 고래고래 고함을 지르며 전선을 떼려 노력했다. 겁에 질린 주변 동료들도 쉽사리 다가서지 못했다.

그 짧은 순간에 지난 삶이 주마등처럼 스쳐 지나갔다.

"아들이 이렇게 먼저 가면 부모님이 얼마나 슬프겠노?"

나는 수많은 생각들 중에서도 부모님께 죄송한 마음이 가장 먼저 떠올랐다.

나는 남은 힘을 짜내어 간신히 발을 들어 올려 전선을 확 밀어냈다. 그러고는 그 자리에서 그대로 고꾸라졌다. 동료들이 바닥에 쓰러진 나를 구급차에 태워 병원으로 데리고 갔다. 나는 전기에 감전됐지만 다행히 목숨을 건질 수 있었다. 내가 만진 전선에 고압이 흐르지는 않았던 까닭이었다.

하지만 나는 한 달가량 병원에서 치료를 받아야 했고, 치료를 끝마치고 나서야 다시 일상으로 복귀할 수 있었다. 하지만 그 뒤로는 전선만 봐도 식은땀이 날 정도로 트라우마가 생겨 버렸다. 건설업 특성상 전선을 안 볼 수 없었고, 이런 이유로 현장을 벗어날 수 없었다. 이때부터 현장을 벗어나기 위해 다른 무언가를 고민했을지도 모르겠다. 아픔과 상처는 때때로 돌파구가 되기도 한다. 나는 '현장 소장'에서 나아가 더 넓고 큰 무언가가 되어야 했다.

"아이고 모르겠다. 마! 니가 도배해 버려라."

나의 끈질긴 구애에 지친 건축주들은 두 손 두 발을 다 들었고, 나에게 일을 맡기곤 했다. 끈질김과 젊은 패기로 무장한 나를 몇몇 건축주들이 속는 셈치고 믿어주었기 때문이었다. 나는 그렇게 일들을 하나씩 늘려나갔다.

그렇게 6개월이 흘렀고, 나의 독종 같은 영업은 북구 전역에 소문이 났다. 새롭게 건축에 착수하는 건축주들이 지업사를 수소문할 때, '태양지업사'는 어김없이 물망에 올랐다.

6개월 만에 정상에 오른 도배사업

풍운의 꿈을 안고 건설업계로 나아간 지 6년이 흘렀다. 그때까지만 해도 내가 사업을 하게 될 것이라고는 단 한 번도 생각해 본 적이 없었다. 사업을 시작하게 된 계기는 아주 우연히 찾아왔다.

내가 ㈜대저토건 건축기사 1급 현장 소장으로 김해 실내체육관을 짓고 있을 때였다. 혹한의 겨울이 되자, 해가 지면 일을 마무리하고 일찍 집으로 가곤 했다.

어느 날 고등학교 친구에게 전화가 걸려왔다.

"태원아, 내 지업사하는 데 한 번 놀러 와볼래?"

나는 일을 마치고 친구가 있는 지업사로 갔다. 친구는 설계사무소에서 근무하다가, 도배장사인 지업사를 오픈한 것이었다. 친구는 자랑스럽게 자신이 하는 사업을 소개했다.

"니 이거 해서 얼마 버노?"

나는 궁금한 마음에 친구에게 물었다.

"한 달에 100만 원씩은 벌고 있다."

나는 친구의 대답에 깜짝 놀랐다. 왜냐하면 그 당시 내 월급이 30만 원이었기 때문이다. 자격증 하나 없는 친구가 건축기사 1급에 경력도 6년 차였던 나보다 세 배가 넘는 돈을 벌고 있었던 것이다.

나도 지업사를 시작해야겠다고 마음을 먹었다. 나는 하루도 빠짐없이 일하면서 30만 원을 벌었지만, 저금할 수 있는 돈은 10만 원 남짓이었다. 이 돈으로는 가족을 부양하고 아버지, 어머니께 용돈도 드리기 어렵다는 판단이었다.

"그래. 나도 사업을 한 번 해 보자!"

그렇게 처음으로 홀로서기에 돌입했다.

나의 첫 사업, 도배장이

"직장 잘 다니다가, 갑자기 무슨 사업?"

내가 사업을 하겠다고 하자 아내는 화들짝 놀라며 나를 말렸다. 하지만 내 고집을 꺾을 수는 없었다.

"열심히 하면 성공할 수 있다. 내 함 믿어봐라."

나는 굳게 마음을 먹고 밀어붙였다. 그러자 아내도 결국 백기를 들었다.

나는 북구 곳곳을 돌아다니며 사무실을 찾아보기 시작했다. 내 눈에 들어온 구포시장 골목 한 귀퉁이 빈 사무실. 나는 그곳에 세를 내고 '태양지업사'라는 간판을 달았다. 첫 사업을 개시하던 순간이었다.

아무도 내 가게를 아는 사람이 없었기에, 무작정 건설 현장을 찾아다니며 명함을 돌리기 시작했다. 다짜고짜 도배를 맡겨달라고 말하는 내 모습에 건축주들은 황당해하며 생각해 보겠다고 했다. 하지만 연락은 없었다.

그것은 충분히 예상했던 것이다. 회사를 박차고 나와서 가게까지 차렸는데, 고작 이 정도로 꺾일 내가 아니었다.

오토바이 날개 달고

"태원아, 이거 타고 다니면 나을 끼다."

내가 열심히 영업을 하고 다닌다는 소식을 들은 큰형님이 가게로 찾아와 자신이 타던 오토바이를 줬다. 나는 오토바이를 타고 동네를 휘젓고 다니기 시작했다.

오토바이 덕분에 걸어다니며 영업할 때보다 훨씬 많은 곳을 찾아갈 수 있었다. 몇 배로 많은 사람들을 만났고, 그 덕에 하나둘 일을 수주할 수 있었다.

현장 소장으로 일했던 경험도 지업사를 하는 데 큰 도움이 됐다. 나는 타고난 달변가는 아니었지만, 아파트 건설현장 소장으로서의 경험과 견적서를 뽑는 능력 덕분에 현장 소장을 기막히게 설득할 수 있었다. 그 덕에 현장 소장들은 나를 건축주에게 곧장 소개해 주기도 했다.

나는 매일 6시에 일어나 아침밥을 대충 먹고는 곧바로 가게에 나와서 작업을 준비했다. 그리고 7시에 인부들에게 도배지를 넘겨주고 공사장으로 보냈다. 인부들을 보내고 난 후에는, 오토바이를 몰고 온종일 동네를 돌아다니는 것이 나의 일과였다.

자타공인 부산 북구 인물이 되다

그 당시 무엇보다 중요했던 것은 '생존'이었다. 직장을 박차고 나온 이상 월급이 없었기 때문에, 내가 열심히 움직이지 않으면 곧바로 생계에 문제가 생기는 상황이었다. 그렇기에 나는 어느 때보다 독해질 수밖에 없었다.

관심 없다는 건설 현장에도 6~7번을 찾아갔다. 벌써 정해진 지업사가 있다는 건축주에게도 끈질기게 달라붙었다.

"우리 가게 믿고 한 번 해 보이소. 견적서 여기 보이소."

"아이고 모르겠다. 마! 니가 도배해 버려라."

나의 끈질긴 구애에 지친 건축주들은 두 손 두 발을 다 들었고, 나에게 일을 맡기곤 했다. 끈질김과 젊은 패기로 무장한 나를 몇몇 건축주들이 속는 셈치고 믿어주었기 때문이었다. 나는 그렇게 일들을 하나씩 늘려나갔다.

그렇게 6개월이 흘렀고, 나의 독종 같은 영업은 북구 전역에 소문이 났다. 새롭게 건축에 착수하는 건축주들이 지업사를 수소문할 때, '태양지업사'는 어김없이 물망에 올랐다.

그 당시에는 도배 풀만 싣고 다니며 파는 상인이 있었는데, 풀을 제일 많이 사가는 가게는 도배를 제일 많이 하는 가게라는 뜻이었다.

"태양지업사가 북구에서 풀을 제일 많이 사 갑니다."

어느 날 공사 현장에서 만난 풀 가게 사장님이 내게 말했다.

"진짭니까?"

나는 정신없이 바빴던 탓에 나머지 경쟁업체에 대한 생각은 까마득하게 잊고 있었던 상태였다. 나는 매일같이 오토바이를 몰고 북구를 돌았던 지난 6개월을 떠올리며 배시시 웃음이 났다.

결혼 금반지를 팔아서라도
할 거는 해야지

지업사가 성공 궤도에 오르면서 나는 회사 다닐 때보다 더 많은 소득을 올렸다. 그런데도 항상 쓸 수 있는 돈은 넉넉하지 않았다. 새로운 일에 착수하기 위해서는 자재와 임금에 재투자가 필요했기 때문이었다.

어느 날 나에게 오토바이를 준 큰형님이 가게로 찾아왔다.

"태원아, 오토바이 값은 언제 주노?"

형님은 장사가 잘되는 지업사를 보며 오토바이 값을 받을 셈이었다. 나는 형님이 섭섭했지만, 형님의 오토바이로 동네방네 다니며 영업을 할 수 있었으니 돈은 드려야 한다고 생각했다.

"형님 오토바이 값을 줘야 되는데 돈이 없다. 우짜노? 바로 드리자!"

나는 아내의 눈치를 보며 넌지시 물었다.

"전당포에 맡겼다가 다음 달에 돈 들어오면 바로 찾아오면 안 되겠나?"

나는 조심스레 말했다. 아내는 눈을 흘기면서도 마지못해 허락했다. 현재의 수입이면 금반지를 금세 다시 찾아올 수 있다고 생각했다. 나는 그길로 전당포로 가서 아내의 금반지를 맡기고 형님께 오토바이 값을 드렸다.

애석하게도 나와 아내는 다시는 그 반지를 볼 수 없었다. 사업이 점점 커지면서 돈은 많이 벌었지만, 수중에 현금이 없었고, 금반지는 전당포에서 쓸쓸히 잊혀져간 것이었다. 아내는 나를 보며 투덜거리기도 했지만, 나중에 훨씬 굵은 금반지를 사주겠다며 상황을 무마하곤 했다. 결국에 그 약속을 지키긴 했지만, 약속을 지키기까지는 오랜 시간이 걸렸다.

"태원아, 논 열 마지기 팔았다. 돈 가지러 오너라."

집에 도착했을 때 아버지는 2,800만 원이라는 거금을
내 앞에 내놓으셨다.

"태원아, 이 돈으로 잘 해 보거라."

아버지는 나에게 믿음의 눈빛을 보냈다. 나는 아버지
에게 꼭 성공하겠노라 말하고는 품속에 돈을 꼭 안고
서 집으로 향했다.

그때까지만 해도 나는 알지 못했다. 그때가 진짜 사업
가 오태원으로 발돋움하는 순간이었다는 것을.

또 한 번의 도전

지업사를 하다 보니 더 큰 사업을 하고 싶다는 욕심이 생겼다. 내가 온종일 도배를 하는 동안에, 그 건물을 짓는 건축주는 나보다 훨씬 더 큰돈을 벌고 있다는 사실을 목격했기 때문이었다.

"이 땅은 얼마에 샀습니까?"

나는 친해진 건축주를 볼 때마다 이런 질문들을 던지곤 했다. 건물을 짓는 데는 돈이 얼마 들지 눈에 훤히 보였기 때문이었다. 대충 계산해 보아도 집 한 채를 지어서 팔면 도배하는 것보다 훨씬 많은 돈이 남는다는 계산이 나왔다.

지업사를 하면서 직장 다닐 때보다 훨씬 더 많은 돈을 번다고 해도, 그 돈은 적어도 6~7년은 벌어야 모을 수 있는 돈이었다.

'그렇다면 도배를 할 게 아니라, 건물을 지어야 되겠다.'

나는 지업사보다 더 큰 사업을 해야겠다고 결심했다.

아버지의
통 큰 지원

　　큰돈을 벌기 위해서는, 큰돈을 들여야 한다는 것이 인지상정 세상의 이치이다. 수중에 목돈이 없었기에 돈을 마련할 방법을 밤낮으로 생각했다. 돈이 나올 뾰족한 구멍은 없었다. 나는 고민 끝에 고향집으로 향했다.

　　"아버지, 주택 사업 한번 해 보겠습니다."

　　나는 결연한 자세로 아버지께 도움을 요청했다. 아버지는 나의 요청에 그저 기다리라고만 하셨다.

　　두 달 뒤에 아버지에게 연락이 왔다.

　　"태원아, 논 열 마지기 팔았다. 돈 가지러 오너라."

　　집에 도착했을 때 아버지는 2,800만 원이라는 거금을 내 앞에 내놓으셨다.

　　"태원아, 이 돈으로 잘 해 보거라."

　　아버지는 나에게 믿음의 눈빛을 보냈다. 나는 아버지에게 꼭 성공하겠노라 말하고는 품속에 돈을 꼭 안고서 집으로 향했다.

그때까지만 해도 나는 알지 못했다. 그때가 진짜 사업가 오태원으로 발돋움하는 순간이었다는 것을.

가슴 벅찬
첫 분양사업

수중에 있는 돈을 긁어모아 건물을 지을 땅을 찾기 위해 돌아다니기 시작했다.

"어디다가 지어야 되노?"

나는 땅을 보는 눈이 없어서 어려움을 겪었다. 입이 닳도록 자기 땅을 자랑하는 땅 주인들의 말도 장사꾼의 사탕발림으로만 느껴졌다. 거금이 드는 사업이었던 만큼 나는 훨씬 더 신중해져 있었다.

나는 지업사를 하며 인연을 맺었던 건축주들을 찾아가 자문을 구하기 시작했다.

"사장님, 제가 주택을 지어볼라고 하는데 땅은 어디가 좋겠습니까?"

나와 좋은 관계를 맺었던 건축주들은 흔쾌히 자신이 주목

하고 있는 땅들을 추천해 주었다.

나는 건축주들이 추천한 땅을 샅샅이 둘러보기 시작했다. 땅은 너무나 훌륭했고, 지을 수만 있다면 당장 큰돈을 벌 수 있을 것 같았다. 하지만 입지가 너무 좋았던 탓에 내가 가진 돈으로는 공사를 마무리할 수 없었다. 그때 한 건축주가 좋은 제안을 해왔다.

"내가 사놓은 땅이 있는데, 이 땅을 사가지고 시작해 보면 어떻겠노?"

그 땅은 입지가 훌륭하지는 않았지만, 비교적 싼 값에 살 수 있었다. 자금이 넉넉하지 않았던 내가 처음으로 시작하기에는 딱 맞았다. 집 짓는 견적만큼은 확실하게 파악할 수 있었던 나는 충분히 이익을 남길 수 있겠다고 판단했다. 나는 그 땅을 매입하여 첫 주택 건축에 뛰어들었다.

땅값, 자재비, 인건비를 포함해서 아버지가 마련해 주신 돈으로 나는 첫 번째 주택 건축을 마무리 할 수 있었다. 그 당시에는 경기호황기로 주택 경기가 좋았던 탓에, 짓기만 하면 웬만하면 다 팔리는 시기였다. 나는 오래 걸리지 않아 첫 주택을 좋은 값에 팔게 됐다.

첫 주택이 성공리에 팔리자 나는 떨려오는 감동을 숨길 수가 없었다. 생각했던 것보다 많은 수익을 올린 것이다.

"이거는 진짜 땅 짚고 헤엄치기구나!"

그날 밤은 잠을 제대로 이루지 못할 정도로 심장이 두근거렸다. 내 머릿속은 이미 다음 프로젝트 구상으로 분주했다.

모든 경험을
녹여내다

나는 사업할 생각이 추호도 없었다. 우연히 방문한 친구 지업사에서 영감을 받아 시작한 지업사 사업. 지업사를 하다 보니 알게 된 주택 건축사업. 이것이 내가 사업의 길로 들어선 계기였다. 우연의 연속으로 시작한 사업이었지만, 6년의 직장 생활에서 배우고 익혔던 것들은 나의 사업에서 빼놓을 수 없는 무기가 되었다.

아파트 건축현장 소장으로 일했던 나는 누구보다 정확한 견적으로 하자 없이 건축을 할 수 있는 능력이 있었다. 이 능력은 주택 건축에도 그대로 적용됐다.

노련한 경험 덕분에 건축 자재를 구매하는 데 있어서도 덤터기를 쓰지 않을 수가 있었다. 그 덕에 주택 건축을 위한 견적을 정확하게 수립할 수 있었고, 예측한 견적과 거의 오차 없이 주택 건축을 마칠 수 있었다.

현장 소장으로서의 경험은 주택 건축현장을 지휘하는 데서도 발휘되었다. 나는 공사를 할 때 어느 정도의 시간 동안, 어느 정도의 인력을 투입해야 할지를 낱낱이 파악하고 있었다. 덕분에 예상한 공사 기간보다 늦어지지 않고 제때 건축을 마무리 지을 수 있었다.

건축의 완성도도 높았다. 아파트 하자보수 방법까지 완벽하게 익힌 내게, 주택 건축에서 하자를 다루는 것도 어렵지 않았다. 내가 지은 주택은 더 빨리, 더 싸게, 더 완벽하게 지어진 나의 작품이었다. 학창 시절 꿈꿨던 예술적인 감각이 들어간 건물은 아니었지만, 나에게는 나의 경험과 혼이 담긴 예술적인 작품이나 다름없었다.

나의 첫차, 60만 원짜리 중고 트럭

지업사 시절부터 줄곧 오토바이만 타고 다니던 나는 이맘때 처음으로 첫차를 구매했다. 친구가 몰고 다니던

15년 된 60만 원짜리 중고 트럭이었다. 차는 군데군데 찌그러져 있었고, 세차를 해도 흙먼지가 씻겨지지 않을 정도로 세월의 풍파를 맞은 상태였다.

나는 이 고물 트럭을 타고 새벽마다 부전시장 건재상으로 운전해 가곤 했다. 그 당시 부전시장은 강원도에서 기차로 실어 날라진 자재들이 모이는 곳으로, 강원도 공장에서 사는 것과 가격 차이가 크지 않았다. 도매 중에서도 거의 원가 도매에 가까웠기에 나는 매일같이 부전시장으로 가곤 했다.

15년이나 된 고물 트럭은 말썽꾸러기였다. 건축현장으로 돌아가는 길에 엔진이 꺼지고, 누유가 생겨서 렉카를 부르기 일쑤였다.

나는 그런 차를 타고 다니면서도 한 번도 불평을 해 본 적이 없었다. 나를 둘러싼 모든 것이 잘 풀려가고 있었고, 이대로라면 금세 부자가 되어 버릴 것만 같았기 때문이었다. 모든 것이 아름다운 시절이었다.

내가 지은 건물도 팔리지 않은 채 몇 달째 덩그러니 남아 있었다. 건물이 팔리기를 하염없이 기다렸지만, 매달 나가는 높은 이자에 정신을 차리기 힘들 지경이었다. 더 이상 버티기는 힘들었다. 결국 헐값에 건물을 팔 수밖에 없었다. 적자가 났지만 어쩔 수가 없었다. 현금을 확보해야 다음을 기약할 수 있었기 때문이었다.

하지만 이것이야 말로 신의 한수였다. 알고 지냈던 주변 사장들은 적자를 피하기 위해 건물을 팔지 않고 끝까지 버티다가, 이자를 감당하지 못해서 줄줄이 부도가 나버렸다.

성공의 씨앗

첫 프로젝트를 보기 좋게 성공시킨 나는 동시에 여러 채를 건축하기 시작했다. 현장 소장으로서의 경험으로 과감하게 밀어붙인 것이다. 그러나 시련은 예상치 못한 곳에서 찾아왔다.

건물을 짓기 위해 이곳저곳 땅을 매입하는 과정에서 문제가 생겼다. 자신을 땅 주인이라고 소개한 사람에게 땅을 매입했는데, 알고 보니 진짜 땅 주인은 따로 있었던 것이다. 소위 땅 브로커에게 사기를 당한 것이다.

브로커는 어디론가 홀연히 사라져 버렸고, 나는 큰돈을 떼이게 되었다. 성급하게 땅을 매입하면서 계약서를 꼼꼼히 검토하지 않았던 나의 불찰이었다. 이내 진짜 땅 주인이 나타나 나를 막아섰다. 나는 억울함을 호소하며 문제를 해결하려 노력했지만, 2년 동안 그 땅을 방치해 둘 수밖에 없었다.

그 당시 나는 물금 이웃들에게 빌린 돈으로 사업을 확장하고 있었는데, 연 이자만 24%에 달했다. 원금이 땅에 묶인 채 2년이라는 시간이 속절없이 흘렀고, 나는 이자를 간신히 물어내며 버티고 있었다.

나는 2년이 지나서야 웃돈을 주고 땅을 완전히 매입할 수 있었다. 건물을 완공해서 간신히 적자만 면할 수 있는 정도였다. 승승장구하던 초보 사업가가 처음으로 사업의 엄중함을 느낀 순간이었다.

IMF

그 뒤로 더 독하게 마음을 잡고 사업에 임했지만, 내가 어찌 할 도리가 없는 상황이 닥쳐왔다. IMF가 온 것이다. 뉴스에서는 연일 나라 경제가 망했다는 식으로 소식을 전했고, 경기는 얼어붙어 버렸다.

내가 지은 건물도 팔리지 않은 채 몇 달째 덩그러니 남아 있었다. 건물이 팔리기를 하염없이 기다렸지만, 매달 나가는 높은 이자에 정신을 차리기 힘들 지경이었다. 더 이상 버티기는 힘들었다. 결국 헐값에 건물을 팔 수밖에 없었다. 적자가 났지만 어쩔 수가 없었다. 현금을 확보해야 다음을 기약할 수 있었기 때문이었다. 결국 나의 결단이 또 다른 시작을 만들어냈다.

모든 건물을 처분한 나는 고민에 빠졌다. IMF 때문에 일을 도저히 재개할 수 없는 상황이었다.

"태원아, 지금 건물을 지으면 누가 사겠노?"

IMF로 겁에 질린 부모님은 나를 더 겁나게 했다.

"직장 생활하면서 월급만 제때 받아왔으면 좋겠다."

빚으로 외줄타기를 하는 살림살이에 지친 아내가 말했다. 나는 한동안 동네를 정처 없이 떠돌았다.

"어찌해야 되노?"

나는 멍하니 하늘을 올려다보았다. 멈추고 싶지는 않았다. 나는 고심 끝에 위기 속에서 기회를 잡아보리라 결심했다. 나에게 돌아갈 곳은 없었다.

IMF가 터지자 북구에는 집을 짓는 사람이 한 명도 없었다. 한창 열을 내며 공사를 하고 있던 공사장마저 텅 비어 있었다. 이곳저곳 돌아다니며 정보를 듣다 보니, 어려운 경기 탓에 인건비도, 재료도 반값이 되었다는 것을 알게 됐다.

"지금이다."

두 번 다시 오지 않을 천재일우(千載一遇)라는 생각이 들었다. 집으로 돌아가는 길, 내 머릿속은 온통 새로운 프로젝트에 대한 생각으로 가득차기 시작했다. 나는 무모한 작전을 개시했다.

결단

"절대로 안 된다!"

다시 건물을 짓겠다는 나의 말에 아내는 겁에 질렸다. 모두가 숨죽인 채 눈치만 보고 있던 시기였기에 당연한 반응이었다. 아내는 어린 두 아들을 끌어안고 나를 말렸으나, 나의 황소 같은 고집을 꺾을 수는 없었다.

나는 사업을 두 단계 더 성장시킬 기회라고 생각했다. 나는 빌라 7동을 동시에 지어버리기로 결심했다. 모두가 미친 짓이라며 나를 말렸다. 하지만 나는 승부수를 던졌다.

사뒀던 400평 땅에 빌라 7동을 짓는 프로젝트를 시작했다. 잘 안 되면 길거리에서 노점상이라도 하겠다는 다짐으로 담대하게 나아갔다. 집 전화선도 뽑아버렸다. 건물을 짓는다는 소식에 가족, 친척, 친구 할 것 없이 끊임없이 전화를 해댔기 때문이었다.

빌라 7동을 짓기 위한 돈을 조달하는 것도 중요한 과제였다. 대형 은행도 구조조정을 당했고, 연 이자는 30~40%에 달했다. 돈을 빌리기도 어려웠고, 설사 빌리더라도 도저히 갚기 힘들 정도로 높은 이자였다.

나의 든든한 우군, 아버지가 동네를 돌아다니며 돈을 빌려줄 사람을 찾기 시작했다. 이번에는 동네 사람들에게도 돈을 빌리기가 쉽지 않았다. 아무리 주택 건축을 연이어 성공시킨 나였지만, 시기가 시기인 만큼 모두 두려움에 휩싸여 있었다.

나는 동네 사람들에게 24%의 선이자를 떼어 주고서야 돈을 빌릴 수 있었다. 1억을 빌리면 2,400만 원은 곧장 이자로 주고, 1년 뒤에 1억을 상환하는 식이었다.

빌라 건축이 끝났을 때도 경기가 회복되지 않는다면 내가 망하는 것은 시간문제였다. 하지만 나는 이때가 반값 건축을 할 수 있는 마지막 기회라고 여겼다. 그리고 빌라 건축이 끝날 때쯤이면 경기가 회복되어 있을 것이라고 막연히 생각했다. 지금 생각해 보면 도박수이나 다름없었다.

완판의 기적

"내가 지금 하고 있는 게 맞나?"

빌라를 지으면서도 마음 한편에서 걱정이 떠나지 않았다. 한 치 앞도 보이지 않는 터널을 지나는 듯했다. 하지만 나의 모든 것을 걸고 시작했기 때문에 무조건 앞으로 나아가야 했다.

7동을 다 짓는 데는 대략 1년 반 정도가 걸릴 것으로 예상됐다. 이자를 더 감당할 여력이 없었기에, 그 어느 때보다 현장 지휘에 몰두했다. 그 결과, 예정보다 공기를 더 앞당겨 빌라 건설을 완료할 수 있었다. 이제 진짜 승부를 시작할 때였다.

나는 동네 부동산마다 찾아가서 매물을 내놓았다. 그것으로도 충분하지 않았다. 매일 직접 손으로 글자를 써서 수백 장씩 전단을 만들었다. 그리고 아침 일찍부터 일어나 눈에 보이는 전봇대마다 전단을 붙이고 돌아다녔다.

드문드문 하나 둘 방이 계약되기 시작했다. 경기는 여전히 안 좋았지만, 좋은 입지에 괜찮은 값으로 나온 빌라에 사람들이 관심을 보이기 시작한 것이다.

다섯 달. 일곱 동의 빌라가 완판되는 데 걸린 시간이었다. 경기가 아무리 어렵지만, 싸게 팔면 충분히 완판 할 수 있다는 나의 예상이 적중했다. 이때쯤 경기가 IMF의 충격에서 회복하고 있었던 것도 한 몫 했다.

빌라 7동을 완판한 나는 전에 없던 큰 이윤을 거두었다. 그리고 빌라 7동 완판은 돈 이상의 큰 의미가 있었다. 많은 경쟁자들이 무너져 내릴 때, 나 홀로 우뚝 설 수 있는 엄청난 기회였던 것이다.

주택만 간간이 짓던 집 장사꾼에서 건축계의 신흥 강자로 도약하는 순간이었다. 이 프로젝트로 생긴 돈은 훗날 종합건설회사로 성장하는 말 그대로 큰 씨앗이 되었다.

"오태원 씨, 갑상선암입니다."

의사는 내 눈을 마주치지도 못한 채 말했다. 나는 암 진단을 듣고도 아무 말도 없이 몇 초간 멍하니 앉아있 었다.

"내가 암이라고요?"

술도 많이 마시지 않고, 흡연도 하지 않았기에 날벼락 을 맞은 듯한 느낌이었다. 의사는 빨리 수술을 하면 회복할 수 있을 것이라며 희망을 주었지만, 나는 세상 이 끝난 것처럼 망연자실할 수밖에 없었다.

나는 북구를 떠나 양산에서 요양 생활을 시작하게 되 었다. 자연 속에서 치료에 전념할 생각이었다.

얻은 것과 잃은 것

어리바리한 고등학생에서 건축사·건설안전기술사·토목시공기술사 3관왕, 평범한 직장인에서 성공한 사업가로의 변신. 나는 수많은 역경의 세월을 보내며 목표했던 바를 현실로 만들어냈다. 지난 성공을 바탕으로 지역사회에 봉사할 수 있는 여력까지 생겼다.

얻는 게 있으면 잃는 게 있다고 했던가. 나는 경제적 성공, 공부, 봉사 등 원했던 많은 것을 이루어냈지만, 나도 모르는 사이에 많은 것을 잃기도 했다.

14년만의 내 집

내 가족들은 보금자리가 없었다. 사업을 하면서 꽤 많은 돈을 벌었지만, 그 돈은 곧바로 사업에 재투자됐다. 우리 집은 항상 팔리지 않고 남은 빌라 방 한 칸이었다. 그 방이 팔리면 우리는 곧바로 다른 방으로 이사를 가야 했다.

돈을 절약한다는 신조 아래에서 그렇게 한 것이었으나 지금 생각해 보면 반 떠돌이에 가까웠다. 우리 집에는 이렇다 할 가구조차 없었다. 금방 떠날 집이라는 생각에 세간살이를 늘리는 것이 사치스러운 일처럼 느껴졌기 때문이었다.

나는 이사 날이 되면 일할 때 쓰던 1톤 짐차를 끌고 와서 살림살이를 모두 실었다. 4인 가족 살림살이가 1톤 트럭에 모두 들어갈 정도였으니 정말 단순하기 짝이 없는 생활이었다.

"우리도 집 한 채 사가지고 아이들 키워야 안 되겠나?"

도통 불만이 없는 아내조차 불만을 토로할 정도였다.

"조금만 기다렸다가 큰 아파트로 이사 가자."

그럴 때마다 나는 이렇게 말하며 아내를 달래곤 했다. 조금만 더, 조금만 더 벌면 정착하자며 일에 몰두했다.

내 집을 마련하기 전까지 총 20번을 넘게 이사했고, 2000년

도가 되어서야 처음으로 구포에 보금자리를 마련했다. 결혼한 지 14년 만에 마련한 나와 내 가족의 보금자리였다. 집 짓는 사람이 자기 집 마련하는데 왜 이렇게 오랜 시간이 걸렸는지 집들이 온 친구들의 농담 섞인 소리가 오갔다.

삶의 최전성기 50세에
암 발병

친한 형님과 저녁 식사를 하고 있을 때였다.

"태원아, 니 목이 좀 불룩한데?"

밥을 잘 먹고 있던 형님이 내 목을 바라보며 말했다. 별 생각 없이 거울을 봤더니 정말 목이 불룩하게 튀어나와 있었다.

"조금 피곤해서 그런 갑네요."

나는 괜찮은 척 식사를 마쳤지만, 혹시 몸에 문제가 생긴 것은 아닌지 염려됐다. 다음날 집 근처 병원으로 향했다. 내 목을 본 의사가 심상치 않은 표정으로 말했다.

"오태원 씨, 큰 병원으로 가보셔야 할 것 같습니다."

며칠 뒤 나는 부랴부랴 병원으로 향했다. 의사의 표정이 심상치가 않았다.

"오태원 씨, 갑상선암입니다."

의사는 내 눈을 마주치지도 못한 채 말했다. 나는 암 진단을 듣고도 아무 말도 없이 몇 초간 멍하니 앉아있었다.

"내가 암이라고요?"

술도 많이 마시지 않고, 흡연도 하지 않았기에 날벼락을 맞은 듯한 느낌이었다. 의사는 빨리 수술을 하면 회복할 수 있을 것이라며 희망을 주었지만, 나는 세상이 끝난 것처럼 망연자실할 수밖에 없었다.

암 진단 소식을 들은 형님은 지인을 통해 서울 삼성병원 의사를 소개해 줬고, 2주 뒤 수술을 하게 됐다.

"얼마 전까지만 해도 멀쩡하게 잘 살았는데."

수술을 마치고 병상에 누운 나는 희미하게 뜬 눈으로 천장을 바라보았다. 그리고 빨리 병원을 나갈 수 있는 날이 오기만을 기다렸다. 수술이 성공적이라는 의사의 말과 함께 나는 퇴원을 하게 되었다. 그러나 나는 주기적으로 검사를 받아야 했다.

나는 북구 구포를 떠나 양산 물금에서 다시 촌에서 자연과 함께 생활하는 계기가 되었다. 자연 속에서 치료에 전념할 생각이었다.

인생의 반환점

나는 마지막 편지를 쓰기 시작했다. 부모님보다 먼저 떠나는 못난 아들의 불효, 가족에 대한 사랑 등의 내용을 떨리는 손으로 하나씩 써내려갔다. 유서가 끝으로 다다르자 눈에서 주르륵 눈물이 흘렀다.

"아직 다 못해봤는데."

죽는다고 생각하니 지난 삶에 대한 진한 아쉬움이 들었다. 그러고는 이내 마음을 비웠다. 죽음이 운명이라면 담담하게 받아들이기로 다짐한 것이다. 그러나 가족들에게는 암을 이겨내는 씩씩한 모습만을 보여주고 싶었다.

내 운명은 조금 더 질겼던 것 같다. 갑상선암 완치 판정을 받고 홀가분한 발걸음으로 병원 문을 빠져나왔을 때, 무엇인가 달라졌다는 것을 느꼈다. 세상을 바라보는 나의 시각이 180도 달라진 것이다. 나는 성공의 뒤꽁무니만 쫓았던 지난날을 잊고, 여유를 가지고 봉사하면서 살아가리라 다짐했다.

건축주에게 의뢰를 받아 건물을 짓다 보면 어려움에 봉착하는 순간들이 많았다. 건축주들과 사이가 틀어지는 경우가 다반사였기 때문이다.

건축주들은 큰돈을 투자하는 것이었기 때문에 항상 날이 서 있었고, 감당하기 힘든 요구를 해대곤 했다.

"이건 왜 이렇게 해났습니까? 이렇게 바꿔 주이소."

건물을 완공하고 나면 내가 매번 듣는 말이었다.

마침내 종합건설회사를 세우다

IMF에 빌라 7동을 짓는 무모한 도전. 결과는 성공적이었고, 사업은 날아오르기 시작했다. 나는 빌라 건설에서 한 단계 더 나아가는 방안을 고심하기 시작했다.

"어떻게 할지 생각 중입니다."

나는 오랜만에 만난 친한 사장님과 향후 행보에 대해 이야기를 나눴다. 나보다 더 큰 기업을 운영하고 있었던 사장님이 내게 말했다.

"화명동 쪽에 한번 해 보면 안 되겠나?"

사장님은 한창 개발되고 있었던 화명동이 가능성이 있어 보인다고 말했다.

그렇게 한달음에 찾아간 화명동. 화명동은 부산이 커지면서 대규모 신도시가 한창 만들어지던 중이었다. 나는 아파트를 지을 정도의 자본은 없었다. 그렇지만 빌라만 짓는 사업가로만 머물고 싶지도 않았다. 차로 동네를 몇 바퀴씩 뱅뱅 돌던 내게 좋은 생각이 떠올랐다.

"그러면 상가를 지으면 되겠네?"

종합건설회사 계담의
시작

상가는 한 번도 지어본 적이 없었기에, 여기저기서 필요한 정보를 수집하기 시작했다. 150평 이상의 상가를 짓기 위해서는 종합건설회사를 설립해야만 한다는 사실을 알게 됐다.

종합건설회사를 만들기 위해서는 큰 자본금이 필요했고, 몇 명의 상근 기술자까지 갖춘 기업의 형태여야 했기 때문이었다. 망설이던 것도 잠시, 이것은 그간의 고생에 비하면 아무것도 아닌 것처럼 느껴졌다. 나는 종합건설회사를 세우기로 마음을 굳혔다.

이때 나의 동서가 조력자로 나타났다. 동서는 건설회사에 다니던 이력이 있었고 마침 그만두고 집에서 쉬고 있던 상태였다. 동서는 각종 서류나 요건들을 맞춰 종합건설회사 설립을 진두지휘했고, 설립 후에도 관리자로 나와 함께 일하기 시작했다. 커진 회사 규모만큼 관리가 필요했기에, 동서의 존재는 내게 큰 힘이 되었다. '계담종합건설' 지금까지도 내가 공동 대표로 있는 종합건설회사의 출발이었다.

모든 준비를 마치고 상가 건축에 박차를 가하기 시작했다. 나는 부동산에 수차례 들락날락한 끝에, 개발 중인 화명동 주요 자리에 땅을 매입했다. 그리고 1년에 2~3개의 상가를 건설하기 시작했다.

종합건설회사를 건설하고 설계부터 시공까지 진두지휘할 수 있었던 것은 매일같이 했던 공부와 은인, 조력자들 덕분이었다. 나는 사업주이자 동시에 건축 전문가였기에 망설임 없이 주도적으로 건설을 진행할 수 있었다.

전국 단위 건설회사로
거듭나다

화명동에서 5년. 나는 종합건설회사 사장으로 화명동에 몇 개의 상가를 지었다. 짓는 족족 어렵지 않게 분양이 되었다. 빌라 건축을 하던 때와는 공사의 규모 자체가 달랐고, 한 건 한 건이 대공사였다.

융통하는 돈의 크기도 달라졌다. 큰돈이 투자됐고, 팔리는 순간 다시 더 큰돈을 거머쥐게 되었다. 점점 나는 사업가에서 기업가로 거듭나고 있었다.

일이 순조롭게 풀리면서 나에게 건설을 의뢰했던 건축주들이 더 좋은 제안을 내놓기 시작했다.

"오 사장님, 부산 밖에서도 한번 해 보실랍니까?"

건축주는 한창 개발이 시작되고 있었던 양산에 주목했다. 화명동 건축 붐이 슬슬 끝나가고 있음을 알았던 나는 고향에서 다시 일을 벌여보고자 순순히 응했다.

양산은 당시 물금신도시 1단계 개발이 진행되던 중으로, 한창 도시의 기반이 갖춰지고 있었다. 나는 고심 끝에 회사도 양산으로 이전했다. 처음으로 나의 사업 범위가 부산을 벗어난 순간이었다. 양산에서 일을 잘 해내면 전국구 건설회사로 나아가는 것도 어렵지 않겠다는 생각이 들었다.

다시 돌아온 양산은 기회의 땅이었다. 한창 지어지는 신도시에 건물을 세우는 것은 웬만해서는 실패하기 어려울 정도로 느껴졌다. 나의 지난 경험과 자신감이라면 어딜 가더라도 다 성공할 것 같은 자신감으로 충만했다.

양산에서 사업은 훨씬 더 수월했다. 그동안 관계를 맺었던 건축주들이 늘어나면서, 나는 손쉽게 여러 건의 시공을 진행할 수 있었던 것이다. 건설 규모도 커졌고, 기업 규모도 덩달아 커졌다. 어느 순간 수십 명의 임직원이 근무하는 어엿한 기업으로 급성장했다.

양산에서 여러 프로젝트를 연달아 성공시켰을 때 회사는 이미 지역 건설회사가 아니었다. 재무 구조도 탄탄했고, 기업 규모도 설립 초기보다 세 배 이상 커졌다. 경남에서는 손에 꼽을 정도였다. 그러자 더 큰 기회가 찾아왔다. 경기도에서 좋은 제안들이 들어오기 시작한 것이다.

나는 경기도에 거점을 세우고 전국구 건설회사로 나아가기로 결심했다. 괜찮은 제안들을 모두 받아들였다. 회사는 1년에 7~8군데를 공사할 정도로 공격적이었고 발전 속도가 남달랐다. 나와 비슷한 규모였던 회사들이 1년에 1~2군데 공사를 하곤 했으니, 시공 능력에는 틀림없이 남다른 점이 있었다.

이후, 경기도 김포, 여수, 파주까지 파죽지세로 영역을 늘려나갔다. 예술적인 건물을 짓겠다던 고등학생, 지업사 도배장이 오태원은 어느새 큰 기업을 운영하는 경영자가 되어 가고 있었다.

나의 경영철학
'신뢰'

아버지 논 열 마지기를 팔아 시작한 주택사업, 쌈짓돈을 모아서 도전한 빌라사업. 매 순간 휘청거렸지만 해낼수 있다는 믿음으로 성공의 꿈을 키웠다.

사업을 하면서 내가 가장 중요시했던 것은 바로 '신뢰'였다. 그것이 내가 가진, 내가 보여준 모든 것이었다. 건축주에게 의뢰를 받아 건물을 짓다 보면 어려움에 봉착하는 순간들이 많았다. 건축주들과 시작은 잘 해놓고 나중에 사이가 틀어지는 경우가 다반사였기 때문이다.

건축주들은 큰돈을 투자하는 것이었기 때문에 항상 날이 서 있었고, 감당하기 힘든 요구를 해대곤 했다.

"이건 왜 이렇게 해놨습니까? 이렇게 바꿔 주이소."

건물을 완공하고 나면 내가 매번 듣는 말이었다. 이런 상황에서 계약서대로 하라며 무마해 버릴 수도 있지만 현장에 나가지도 않고 현장 소장에게 적당히 잘 처리하라고 방치했다면 오늘날의 '계담'은 없었을 것이다.

나는 건축주를 만나서 진행 상황을 설명하고, 처음과 다른 요구를 하더라도 최대한 수용했다. 계획을 수정한다는 것은 마진을 깎아 먹을 수밖에 없는 일이었다. 그러나 나는 돈 몇 푼에 관계를 팔지 않으리라 다짐했기에 최대한 건축주들의 입장을 이해하려 노력했다.

가끔 도가 지나치는 건축주들도 있었다. 건축 과정 내내 서로 협의 하에 건물을 완공했음에도 불구하고, 추가 공사를 해 달라는 요구였다. 원칙적으로는 추가 공사를 해 줄 필요가 전혀 없지만 나는 인부들에게 지시하여 그분들의 요구사항을 최대한 해결해 드렸다.

"담장은 이렇게 바꾸고, 하수구도 이렇게 바꿔라."

나는 문제가 있는 곳으로 가서 현장을 직접 지휘하곤 했다.

"신경 써주서서 고맙습니다."

이런 내 모습을 본 건축주들은 화가 나서 씩씩거리다가도,

기분이 풀려 내게 사과하곤 했다. 물론 이런 사장을 둔 직원들은 조금 피곤했을지도 모르겠다.

이렇다 보니 공사를 마무리하고 결산을 해 보면 항상 처음 계산보다 더 적은 돈을 벌 수밖에 없었다. 하지만 곧 나의 이런 노력은 더 큰 이익으로 돌아왔다고 확신한다.

나와 좋은 관계를 맺은 건축주들이 다른 건축을 의뢰하며 단골 같은 관계가 되었고, 자신의 지인들에게 나를 추천해 주기도 한 것이다. 만약 눈앞의 작은 이익들에 목을 매면서 관계를 망쳤다면 절대로 얻을 수 없었던 소득이었다.

3

끝나지 않은 꿈,
다시 출발선에 서다

"나는 10원도 못 받는다."

형님은 빌려준 돈만 받겠다며 한사코 거부했다.

"괜찮습니다. 그냥 받아 주이소."

나도 한고집 했기에 감사의 표시는 꼭 해야 한다는 생각이었다.

"태원아, 내가 이 돈 받으면 우리가 이자놀이 한 것밖에 더 되나?"

형님은 나를 믿고 돈을 빌려준 것이고, 우리 사이에 돈 이야기가 개입되는 것이 불편하다고 말했다.

"형님, 그러면 마음이라도 받아 주이소."

형님의 진지한 태도에 얼른 봉투를 치워버릴 수밖에 없었다.

지나온 30년, 경영자의 길

설계사무소 말단 직원에서 계담종합건설 경영자가 되기까지 누구보다 간절했고, 누구보다 뜨거웠다.

쉬운 길은 아니었다. 성공에 떨리는 가슴을 주체하지 못했던 순간. 세상이 끝난 것처럼 털썩 주저앉았던 실패의 순간. 수많은 오르내림이 내 곁을 스쳐 지나갔다.

그때 나를 믿고 지지해 준 가족, 친구 그리고 은인. 그들이 있었기에 오늘날의 오태원이 존재해 있는 것이다.

최악의 실패 후에 만난
은인

그동안 무모하기 짝이 없었던 내가 실패를 맛보는 것은 어찌 보면 당연했다. 당시에는 세상이 무너진 것처럼 고통스러웠고, 다시는 재기할 가능성은 없는 것만 같았다. 하늘이 무너져도 솟아날 구멍이 있다고 했던가. 모든 것이 무너진 것처럼 보였을 때, 한 줄기 빛이 나를 비췄다.

한창 빌라 건축으로 이름을 날리던 내게 찾아온 위기. 빚을 있는 대로 끌어다가 빌라 150호를 지었을 때였다. 안타깝게도 그 빌라를 사고자 하는 사람들은 단 한 명도 없었다.

기다리고 기다려 보아도 매수자는 나타나지 않았다. 나는 생살을 잘라내는 심정으로 헐값에 150호를 모두 처분했다. 몇 억이라는 큰 적자가 났다. 사업은 다음을 기약하지 못한 채 표류했다.

그때 잊을 수 없는 은인이 나타났다. 주택 매매를 계기로 인연을 맺은 형님이었다. 사업차 맺어진 인연이었지만, 북구에서 지역 활동을 하며 더욱 가까워졌다.

"태원아, 요새 많이 힘들제?"

형님은 평소처럼 무뚝뚝한 말투로 물었다.

"괜찮습니다. 다시 천천히 해 봐야지요."

나는 애써 괜찮은 척하며 앞에 놓인 차를 연신 들이켰다.

"돈 좀 빌려줄 테니까 사업하는 데 좀 보태 써라."

형님은 갑자기 진지한 표정으로 내 눈을 바라보며 말했다. 당황한 나는 두 번 세 번 손사래 쳤지만 형님의 고집을 꺾을 수는 없었다. 그렇게 나는 무려 수억대의 돈을 아무런 담보도 없이 빌리게 되었다.

형님께 큰돈을 빌렸다는 소문이 퍼지자 동네가 발칵 뒤집혔다.

"그분한테 어떻게 돈을 빌린 거요?"

만나는 사람마다 호기심 어린 표정을 하고 물어왔다. 일일이 답하기도 번거로운 일이었지만, 그들의 반응이 이해는 갔다.

형님은 돈 관리를 엄하게 하는 것으로 정평이 나 있었다. 누구도 단돈 100만 원조차 빌리지 못했던 분이었다. 그런 분이 억대의 돈을 빌려줬으니 동네가 들썩거리는 것은 당연했다.

"그분이 큰돈을 빌려줄 정도면……."

나는 우연히 거금을 빌린 채무자에 불과했지만, 졸지에 동네 사람들은 내가 대단한 사업가인 것마냥 달라진 눈빛을 보냈다.

형님의 도움으로 다시 심기일전했고, 일전에 졌던 손해를 모두 메꾸고도 남을 이윤을 얻으면서 재기에 성공할 수 있었다. 나는 기쁜 소식을 전하기 위해 형님 집으로 찾아갔다.

집 초인종을 누르자 형님은 반가운 얼굴로 나를 맞이했다. 사업을 잘 마무리했다는 소식에 화기애애한 대화가 이어졌다.

"형님, 이자 겸 해가지고 돈을 조금 넣어봤습니다. 받아주세요."

돈 봉투를 확인한 형님은 이내 표정이 굳어버렸다.

"나는 10원도 못 받는다."

형님은 빌려준 돈만 받겠다며 한사코 거부했다.

"괜찮습니다. 그냥 받아 주이소."

나도 한고집 했기에 감사의 표시는 꼭 해야 한다는 생각이었다.

"태원아, 내가 이 돈 받으면 우리가 이자놀이 한 것밖에 더 되나?"

형님은 나를 믿고 돈을 빌려준 것이고, 우리 사이에 돈 이야기가 개입되는 것이 불편하다고 말했다.

"형님, 그러면 마음이라도 받아 주이소."

나와 형님은 가족도 아니고 선후배 관계도 아니었다. 하지만 서로에 대한 믿음만큼은 누구보다 끈끈했다. 하지만 예기치 못한 사고로 인연은 더 오래 이어지지 못했다.

군 입대를 앞둔 형님의 아들이 교통사고로 운명한 것이었다. 형님은 정신적 충격으로 힘들어하다가, 고향인 대전으로 요양을 떠났다. 나는 시간이 나는 대로 얼른 찾아가겠다며 몸과 마음이 약해진 형님을 배웅했다.

바로 뒤따라 대전으로 찾아가 두 번 남짓 만났지만, 그 뒤로 다시는 형님을 만날 수 없었다. 대전으로 간 지 6개월이 채 되지 않아 형님도 세상을 떠난 것이었다. 예상치 못한 일이었다. 나는 바닥에 털썩 주저앉아 생각했다.

"이럴 줄 알았으면 빨리 찾아가 뵀어야 했는데."

후회하기에는 너무 늦어버렸다. 소중한 인연을 떠나보낸 아픔과 미안한 마음을 한동안 떨칠 수 없었다. 불의의 사고만 아니었다면, 형님과는 지금도 틀림없이 좋은 형 동생으로 왕래했을 것이다. 아무것도 없던 내게 마음 한켠을 내어준 형님이 아직도 감사하고, 그립다.

진인사대천명

盡人事待天命

오늘날의 계담종합건설을 만들어내기까지 가장 유효했던 자질 하나만을 꼽자면 '과감함'일 것이다. 나는 고민을 오래하는 타입이 아니다. 일단 저지르고 뒷수습하는 타입이었다. 운이 좋게도 이 방식은 잘 통했다.

과감함을 최고의 무기로 내세운 나의 좌우명은 의외로 '진인사대천명(盡人事待天命)'이다. 일단 최선을 다하고 결과는 하늘의 판단에 맡긴다는 것이다. 특히 건축사·건설안전기술사·토목시공기술사 3관왕이 되는 과정에서 진인사대천명이라는 말은 딱 들어맞았다. 눈알이 빠지도록 공부해서 시험을 보고 나면, 내가 할 수 있는 일이라고는 그저 담담하게 결과를 기다리는 방법밖에는 없었다.

이 좌우명을 둔 덕분에 위기의 순간도 슬기롭게 넘길 수 있었던 것 같다. 기술사 시험에 7년 연속 낙방했을 때, 끈질긴 나조차도 좌절감을 느꼈다. 하지만 뜻이 통할 때까지 끝없이 도전했고, 이것은 나를 결국 3관왕으로까지 이끈 원동력이 되었다.

IMF로 완전히 무너졌을 때도, 진인사대천명은 마찬가지였다. 마음을 다잡고 내가 가진 돈, 환경에서 최선을 다해 건축했고, 결과는 하늘에 맡겼다. 그 결과 빌라를 완판했고, 계담종합건설로 진화하는 발판을 마련할 수 있었던 것이다.

나는 최선을 다할 뿐, 결과에 집착하지는 않는다. 뜻이 통하면 반드시 응답이 있을 것을 의심하지 않기 때문이다.

과감하게

경영자로서 30년. 안정적인 길은 접어놓고, 매번 모험의 길을 선택하다 보니 성공 다음에는 곧장 실패가 따라왔다. 늦은 밤 사무실에 홀로 앉아 지난날을 떠올렸을 때, 최고의 성공은 화명동에서 계담종합건설을 시작했을 때라는 생각이 들었다. 처음으로 번듯한 기업 형태를 갖췄던 때이기도 했고, 그 당시 오태원은 지금보다 훨씬 패기가 넘쳤다. 무서울 것이 없었다.

위험한 놈. 무모한 놈. 가족과 친구들이 나를 가리켜 하곤 했던 말이었다. 가족들은 빚을 왕창 끌어다 공사를 해대는 내 모습을 보며 항상 외줄타기를 하는 심정이었을 것이다.

친구들은 과감함을 넘어서 무모한 내 모습을 보며, 사업은 한방에 가는 것이라며 끊임없이 속도 조절할 것을 주문했다. 하지만 누가 내 고집을 꺾을쏘냐. 주변 사람들의 소중한 충고도 있었지만, 곧바로 내 방식대로 일을 추진하곤 했다.

화명동에서 상가건설을 시작했을 때, 수중에 쓸 수 있는 돈은 많지 않았지만, 상가건설을 위해서는 부지 매입비만 많은 돈이 필요했다. 은행에서 최대한도로 대출을 받았고, 거기에 건축주들에게 받은 선수금을 더해 과감하게 상가건설을 추진했다. 아마 내게 자본도 적은데, 신뢰와 기술마저 없었다면 아무도 내게 일을 맡기지 않았을지도 모르겠다.

그렇게 빚더미와 황금더미를 몇 차례나 오갔다. 그리고 계담종합건설은 서서히 몸집을 갖춰가기 시작했다. 평범한 사업가에서 경영자로 자리매김한 시간이었다.

구포초등학교는 북구를 대표하는 초등학교로, 100년이 넘는 역사를 가진 유서 깊은 학교다. 그래서인지 구성원 대부분도 북구에서 태어나고 자란 뼛속까지 북구인들이다.

가끔 동창들이 주고받는 이야기를 듣다 보면, 내 가슴이 뜨거워질 정도로 북구에 대해 열띤 토론을 벌이곤 한다.

먹고사는 일이 바쁜데도 불구하고 동창회에 모여 북구의 미래에 대해 토론하는 모습을 지켜보다 보면 여전히 새로운 미래를 개척할 수 있겠다는 희망이 생긴다.

20년 만의 북구 귀향

북구는 내게 삶의 터전이자, 제2의 고향이다. 초등학교를 졸업하고 북구를 떠나, 사업차 돌아오기까지는 20년이라는 시간이 걸렸다. 다시 돌아왔을 때, 내 나이 32세였다.

북구, 나의 깊은 인연과 추억

중·고등학교 시절 북구를 떠나 학교생활을 했지만, 북구와 완전히 이별했던 것은 아니었다. 구포초등학교를 졸업해서 북구에 친구들이 많았기 때문에, 주말에는 종종 초등학교 친구들과 구포에서 만나 와자지껄 어울려 놀곤 했다.

북구와 인연을 그대로 이어갈 수 있었던 또 다른 이유는 작은아버지가 그곳에 살고 계셨기 때문이었다. 나는 명절이나 제삿날이 되면 아버지 꽁무니를 따라 작은아버지에게 문안 인사를 드리러 가곤 했다. 덕분에 다시 돌아온 북구는 언제나 포근하고 반가운 곳이었다.

제2의 고향, 북구에 정착하다

많고 많은 지역 중에 왜 북구였을까? 다른 지역이 아닌 북구로 돌아왔던 이유는 무엇이었을까? 예전 발자취를 좇다 보면 이런 질문이 내 머릿속에 떠오르곤 했다.

나는 다른 지역에서도 얼마든지 사업을 시작할 수 있었다. 우연의 일치로 다른 지역에서 더 좋은 사업 기회를 맞이할 수도 있었다. 하지만 내 나름대로의 판단에 따라 몇 가지 이유가 운명처럼 나를 북구로 이끌었다.

나는 고향집에서 가까운 곳에서 일하고 싶었다. 왜냐하면 부모님, 형, 동생들과 가깝게 지내는 것이 내게 매우 중요했기 때문이다. 전역 후, 서울에서 취업해 보겠다고 고군분투했던 3개월. 외로운 타향살이에 가족의 소중함을 절실하게 느꼈기 때문이다.

어린 생각이었지만, 사업적으로 유리할 것 같다는 판단을 하게 되었다. 동문도 많고, 참여한 모임도 많았기 때문이었다. 북구는 내가 가장 마음 편하게 활동할 수 있는 최적의 장소였다. 그것이 내가 다른 지역이 아닌 북구에서 사업을 시작한 이유다.

어느덧 자리매김한
북구 향토기업 이미지

지업사에서부터 본청건축사사무소와 계담종합건설까지 북구에서 시작한 사업이 많은 시간이 흘러 어느덧 30년째 이어지고 있다. 회사 생활을 하는 동안 사업을 해야겠다고 생각해 본 적은 한 번도 없었다. 돈을 잘 버는 친구를 보며 부러움에 시작한 지업사 사업이 시작이었다.

당시에는 북구를 더 나은 동네로 만들고, 북구민의 삶을 바꾸겠다는 생각은 공상 속에서나 가능한 일이었다. 그저 가족들의 생계를 책임져야 한다는 막중한 의무감으로 하루하루를 살아갈 뿐이었다.

나의 남다른 노력과 주변 사람들의 많은 도움으로 사업 규모는 날로 커져갔고, 종합건설회사까지 탄생시켰다. 생존을 위해 시작한 사업이 기업이 되고, 이 기업이 북구를 기반으로 성장하면서 향토기업이 된 것이다. 애초에 향토기업을 만들 생각은 없었지만, 결과적으로 향토기업이 되어 버린 셈이다.

향토기업이라고 해서 지역에 대단한 도움을 준 것은 없다. 향토기업이라는 단어를 쓰려면 뭔가 지역에 엄청나게 큰 도움을 줘야만 할 것 같은 부담감이 드는 것도 사실이다.

나는 회사 이름으로 지역에 환원한 적이 없다. 회사 이름으로 돈을 기부하는 것이 썩 마음에 내키지가 않았기 때문이다. 다른 회사들이 하고 있는 보여 주기식 기부 형태를 보며, 미래의 더 큰 이익을 위해서 의도적으로 지원을 했다는 느낌을 지울 수가 없었다.

돈에 대한 책임감

내 삶의 전부를 일과 공부에 바쳐 온 결과 경제적으로 부족하지 않은 본청건축설계사무소와 건설 사업가로 자리 잡았다. 다행히도 나에게는 근검절약 정신이 몸에 배어 있었다.

내가 서 있던 자리는 항상 현장이었고, 남들 다 가는 백화점에 가서 물건을 사본 기억은 한 번도 없다. 아들이 결혼한다는 소식에 정장 한 벌 맞추러 가게 된 것이 유일한 방문이었다. 백화점에 가 보니, 길을 찾고 진열된 물건을 보는 것조차 생소하게 느껴졌다. 나에 비하면 주변 사람들은 나보다 훨씬 더 세련된 현대인 같았다.

"태원아, 니도 벌면 좀 써야지 않겠냐?"

워낙 소비 행위 자체에 관심이 없는 내게 친구들이 종종 하곤 했던 말이었다.

오랜만에 매장을 이곳저곳 둘러보다 보니 마음에 드는 모든 것을 사버리고 싶은 충동이 들었다. 하지만 왠지 모르게 내 마음은 그것을 허락하지 않았다. 그리고 필요한 것만 얼른 구매한 뒤에 백화점을 떠나버렸다.

돈 쓰는 데 인색한 자린고비라서 그런 것은 아니었다. 나는 돈을 쓸 때 스스로에게 버릇처럼 묻곤 한다.

"내가 이 돈을 쓸 자격이 있나?"

그러면 대답은 항상 같다.

"내가 노력해서 벌었더라도 번 것의 일부는 반드시 나눠야 한다."

번 것을 나누고 이웃과 함께해야 한다는 생각은 청년 시절부터 시작되었던 것 같다. 당시에 나는 마음 한켠에 간절한 바람이 있었다. 누군가 나를 좀 도와줬으면 하는 생각.

그 당시에는 기부라는 단어 자체가 거의 사용되지 않을 정도로 문화적 토대 자체가 존재하지 않았다.

"힘든 사람들한테 나라도 나눠 줘야겠다."

내 앞에 놓인 삶이 너무 힘들었지만, 나 같은 사람이 어딘가에 있다면 도움을 주고 싶다는 생각을 처음으로 하기 시작했다.

아버지의 가치관도 내게 큰 영향을 줬다. 한 해 농사에서 가장 바쁜 모내기철. 눈코 뜰 새 없는 모내기철에 이웃집 논으로 헐레벌떡 뛰어가시던 아버지. 나는 어머니께서 항상 못마땅해 하시는 아버지를 보면서 의구심을 품곤 했다.

"아버지, 우리 집 농사는 안 짓고 맨날 옆집부터 도와줍니까?"

마침내 내가 궁금증을 참지 못하고 아버지께 물었을 때, 그때 아버지의 대답.

"원아, 우리만 잘 살면 뭐하겠노?"

나이를 한 살 두 살 먹어가면서 아버지의 뜻을 조금씩 이해하기 시작했다. 나 혼자 잘 사는 것으로는 충분하지 않다. 책임감 있게 행동하고, 함께 잘 사는 사회를 만드는 것. 북구를 넘어 대한민국 전체에 이러한 나눔의 정신이 확산되어야 한다는 생각을 갖게 되었다.

마침내
모교 총동창회장이 되다

구포초등학교에 5학년 때 전학왔던 내가 총동창회 회장이 됐다. 1학년부터 입학하여 졸업을 하게 된 것은 아니지만, 많은 동문들의 지지와 성원이 있었기 때문이다.

구포초등학교는 북구를 대표하는 초등학교로, 100년이 넘는 역사와 전통 속에 수많은 인물을 배출한 유서 깊은 학교다. 그래서인지 구성원 대부분도 북구에서 태어나고 자란 뼛속까지 북구인들이다.

가끔 동창들이 주고받는 이야기를 듣다 보면, 내 가슴이 뜨거워질 정도로 북구에 대해 열띤 토론을 벌이곤 한다.

먹고사는 일이 바쁜데도 불구하고 동창회에 모여 북구의 미래에 대해 토론하는 모습을 지켜보다 보면 여전히 새로운 미래를 개척할 수 있겠다는 희망이 생긴다.

김해나 양산 지역을 돌아다니다 보면 젊은 신혼부부
들을 많이 볼 수 있다. 그리고 북구에서는 한 번도 보
지 못했던 광경을 목격하곤 한다.

평지에서 신혼부부가 여유롭게 유모차를 끌고 걷는
모습. 그 옆에는 또 다른 신혼부부가 지나가는 모습.
이것이야 말로 북구에서 봐야하는 풍경이 아닌가 하
는 생각이 들었다.

북구지기 50년, 어제와 오늘

북구는 예전부터 별로 유쾌하지 않은 이미지를 가지고 있었다. 다른 동네에 살던 친구들은 북구라고 하면 노인들이 많은 뭔가 낙후된 동네를 떠올렸다.

그것은 부정하기 힘든 사실이었다. 해운대나 남천동 같은 생활수준이 높은 지역에 비하면 북구는 초라하기 그지없다. 그때에 비하면 지금 북구는 상전벽해라는 단어를 써도 좋을 정도로 발전했다.

나도 북구에서 자녀를 키우면서 깜짝깜짝 놀라곤 했다. 내가 학교에 다녔던 시절과는 비교도 할 수 없을 정도로 교육 환경이 좋아져 있었기 때문이었다. 그리고 도시 정비도 이루어지면서 예전의 낙후된 느낌은 많이 해소되었다. 하지만 북구는 여전히 미래가 더 밝은 곳이다.

무엇이 문제인가

우리 북구는 낙후된 지역이라는 이미지를 벗고, 눈부신 발전을 이루어냈고, 지금도 발전하고 있지만, 예나 지금이나 결정적인 포인트 하나가 빠져 있다.

내가 기억하는 예전 북구는 구포시장을 중심으로 전국 최초로 민간은행이 설립되고, 엄청난 인파가 모이는 명실상부한 서부산의 중심 도시였다. 하지만 현재 구포시장은 사람들의 발길이 줄어들면서 규모도 확 쪼그라들어 버렸다. 중심도시의 매력을 점차 잃어가는 것이다.

옛날에는 북구로 넘어왔던 사람들이 더는 북구로 넘어오지 않는다. 동네마다 쇼핑센터가 생겼고, 더군다나 북구는 교통도 불편하고 주차할 곳도 마땅하지 않아서 더는 찾아오지 않는 것이다.

"북구는 도로 옛날로 돌아가는 것 같노?"

가끔 현장 답사를 위해 김해나 양산 지역을 돌아다니다 보면 북구에서는 한 번도 보지 못했던 광경을 목격하곤 한다.

신혼부부가 유모차를 끌고 걸어가는 모습. 그 옆에 또 다른 신혼부부가 여유롭게 지나가는 모습. 이것이야 말로 북구에서 봐야 하는 풍경이 아닌가 하는 생각이 들었다.

가만 생각해 보면 이 신혼부부들은 부산에서 일하는 사람들이다. 부산 사람이 양산이나 김해로 떠난 것이다. 이들이 떠난 이유는 그곳이 부산보다 집값이 싸고 환경이 잘 꾸려져 있기 때문이다.

탁 터놓고 비교해 보면 교육 여건이나 문화인프라 측면에서도 북구에 비해 뒤질 것이 없어 보였다. 오히려 비교우위에 있는 부분도 보였다. 그런데도 집값은 더 싸고, 환경은 더 쾌적하다. 내가 젊은 신혼부부였어도 두말할 것도 없이 같은 선택을 했을 것이다.

북구의 자생력은 '산업'이다

문제가 이렇게 많다. 성장 동력을 잃은 북구는 전체적인 마스터플랜을 완전히 새롭게 짜야만 한다. 지금까지

지역을 발전시키려 시도했던 땜질식 돌려막기로는 상황을 바꾸는 것이 불가능하다고 해도 과언이 아니다.

단기적인 성과에 집착했던 것이 장기적인 성장력을 깎아 먹는 모습을 나는 바로 옆에서 지켜봐 왔다. 더 이상 새로운 땅이 없는 북구에서, 좋은 입지가 생겼을 때 어떤 시설이 들어서야 하는지는 심사숙고 했어야만 했다. 하지만 얼마 지나지 않아 그곳은 아파트 공사장으로 변해있었다.

북구 발전의 마중물 역할을 해야 할 땅이 공원으로 조성된 모습을 보기도 했다. 공원이 나쁘다는 것이 아니다. 하지만 북구에 가장 필요한 것은 자생력이다. 자생력을 포기하고 만든 공원, 우선순위가 바뀌어 있다.

이렇게 해서는 북구가 앞으로 전진할 수가 없다. 북구에는 냉정하게 말하면 아파트밖에 없다. 기반 산업은 없고 아파트만 있는데, 거기에 교육시설과 문화시설을 늘린다고 하더라도 자생력은 생길 수가 없다.

북구에 가장 필요한 것은 첨단산업이다. 금융이 됐든, 과학적 인프라를 갖춘 중심산업이 필요하다. 그것을 중심으로 사람들과 돈이 모여들도록 해야 한다.

한 집 두 집 꺼져가는
영업 간판

북구 사람들의 삶은 요즘 어렵고 힘겹다. 어렵다는 말로는 표현할 수 없을 정도로 정말 어렵다. 북구 상황을 어렴풋이 짐작할 수 있었던 사건이 기억난다.

오랜만에 친구와 저녁 식사를 하기로 했던 때였다.

"우리 뷔페 맛있게 하는 데 가서 저녁이나 먹자."

나는 괜찮은 뷔페에서 식사 한 끼 대접할 셈이었다. 그 뷔페는 식대가 꽤 비싼 편에 속하는 고급 뷔페다. 그렇게 찾아간 뷔페는 불이 꺼져있었다. 당황한 것도 잠시, 나는 뷔페가 폐업했다는 것을 금방 알 수 있었다. 친구에게는 미안하다고 말하며 다른 식당에서 저녁 식사를 마쳤다.

하지만 이날의 기억은 의외로 내 기억 속에서 잘 잊혀지지가 않았다. 그 뷔페가 폐업한 것이 단순히 운영을 잘못 해서가 아니라는 생각이 들었기 때문이었다. 그 뷔페가 다른 동네에서는 여전히 성업 중이었다.

나는 이것이 북구의 현실을 그대로 보여주는 것이라는 생각이 들었다. 고급 뷔페가 북구에 맞지 않았던 것이다. 북구 내에서는 그 정도 돈을 쓰려 하는 사람이 적을뿐더러, 그 돈을 쓸 사람들도 기왕이면 다른 동네에서 소비하는 것이다.

잠자는 북구

북구에서 수십 년간 장사해 온 친구들이 많다. 그중 몇몇은 가게를 여러 개씩 운영하면서 성공 가도를 달려온 친구들도 있다. 최근에는 그 친구들마저도 볼멘소리를 하고 있다.

친구들은 교통이 좋아지면 외부 사람들이 유입되어 조금이라도 장사에 도움이 될 것이라 생각했다. 하지만 교통이 발달하면 발달할수록 역효과가 나타나기 시작했다.

교통이 좋아졌음에도 불구하고 다른 지역 사람들은 북구로 찾아오지 않았다. 그나마 북구에서 소비하던 동네 사람들마저 다른 지역에서 쇼핑하고 문화생활을 즐기기 시작했다. 교통이 좋아지면서 살기는 좋아졌지만, 북구에서 장사하는 사람들에게는 다른 이야기다.

이런 현상은 덕천로터리에서 장사하는 친구들에게는 직격탄이나 다름없었다. 덕천로터리 중에서도 요지에 위치한 상가는 권리금 몇 억을 주고 들어가야 할 정도로 장사가 잘됐었다. 하지만 지금은 권리금이 거의 없다고 한다.

권리금이 떨어진 것보다 더 큰 문제는, 장사가 어렵다는 것이 소문나는 것이다. 장사가 안 된다는 말이 사람들 입방아에 오르내리기 시작하면 조금 남은 권리금마저도 받지 못할 수도 있다.

조금 심하게 말해서, 북구는 다른 지역에서 돈을 벌어와서, 다른 지역에서 소비하는 지역으로 공고히 자리 잡는 중이다. 북구에 사는 이유는 그저 집이 북구에 있기 때문이 아닐까.

나는 촌놈에 명문대도 못 나온 건물을 짓는 그저 그런 사업가였다. 한국 사회의 논리대로라면 나는 절대로 정치라는 것을 할 수가 없었다.

"나는 세상을 바꿀 수가 없나?"

스스로에게 이렇게 물었다. 대답은 NO였다.

"나도 할 수 있는데."

체육회(생활체육), 북구의 힘으로

오태원에게서 체육은 어떤 의미일까? 짚을 얼기설기 말아서 만든 공을 차고 동네방네 뛰어다니던 소년 시절부터 북구 생활체육회장이 되기까지 나는 누구보다 더 체육의 열정과 뜨거움을 사랑하는 사람이다.

생활체육회장과
봉사의 길

어느 날 생활체육회 대회에서 만난 구청장님이 내게 말을 걸어왔다.

"오 회장님 같은 분께서 우리 북구의 생활체육회장을 맡아

야 하지 않겠습니까?"

생활체육회장을 맡는 것은 쉽게 결정할 수 있는 일이 아니
었다. 북구 생활체육회는 축구, 야구, 탁구 등 18개 분야로 이
루어져, 활동 회원만 수백 명에 달하는 상당히 큰 조직이다. 이
모임의 회장으로 활동한다는 것은 북구의 체육진흥은 물론,
매주 회원들과 만나서 근황을 묻고 의견을 청취하는 것이었다.
일주일에 두 군데씩 찾아간다 해도 18개 분야를 모두 돌기 위
해서는 8주, 약 두 달이라는 시간이 필요하다.

나로서는 생활체육회장은 곧 많은 노력과 큰 시간의 투자를 의미했다. 아무리 사람들과 만나서 이야기를 나누는 것을 좋아하는 나지만 버거울 수도 있겠다는 생각에 고민이 깊어졌다. 어느 날, 저녁 식사 자리에서 만난 친구가 내게 물었다.

"태원아, 니 생활체육회장 선거 나간다매?"

친구는 내가 벌써 회장직을 맡기로 마음을 굳힌 것인 양 말하고 있었다.

"사람들은 다 니가 나오는 줄 알던데."

난감해서 머뭇거리고 있는데 친구가 와락 어깨동무를 하며 이렇게 말했다.

"고마 니가 해라! '체육'하면 오태원이고 '오태원'하면 체육 아이가. 내하고 피가 뜨거운 북구 사람들한테 힘을 실어줄 사람, 니밖에 없는 것 같다!"

친구는 나보다 더 신나 있었다. 힘? 사실 조금 감동적이었다.

"그래! 한번 힘내볼까? 까짓거!"

그렇게 나는 북구 생활체육회 회장이 되었다.

이제
북구의 힘으로!

체육은 내게 정말 많은 것을 주었다. 그중에서도 내 삶에 가장 많은 영향을 미친 것은 체육의 '도전 정신'이었다.

만약 도전 정신이 없었다면, 오태원은 지금과는 완전히 다른 모습이었을 것이다. 도전 정신이 없었다면, 승승장구하던 회사를 박차고 나와 지업사를 하겠다던 일도 없었을 것이다. IMF 시절에 미친 사람이라는 소리를 들으며 빌라 여러 동을 동시에 짓는 일도 없었을 것이다.

정말 무모해 보이는 일도 거리낌 없이 할 수 있게 해 준 힘. 그 힘은 틀림없이 체육 활동을 통한 것임이 틀림없다. 학창 시절 축구 선수로 활동하며 무수히 연습했던 슈팅, 고등학교 시절 태권도 선수를 하며 수천 번 연습했던 발차기, 노력하면 결국에는 해낼 수 있다는 믿음. 그것이야말로 체육의 힘 아니던가!

중년으로 접어들면서 체육은 내게 건강의 중요성을 일깨웠다. 건강은 뒷전으로 한 채 돈 벌기에 급급했던 지난날. 뒤늦게 정신을 차리고 돌아온 곳도 체육이었다. 오태원은 곧 체육이고, 체육이 곧 힘인 것이다.

생활체육의
가치를 묻다

갑자기 의문이 들었다.

"요즘 같은 시대에 생활체육이 더 이상 무슨 의미가 있겠노?"

예전에는 생활체육회가 구민을 하나로 끈끈하게 묶어내는 공동체 역할을 해냈다. 같이 땀 흘리며 운동도 하고, 소풍도 가고, 집들이도 갔다. 두 번째 가족이나 다름없을 정도로 친한 사람들이었다.

하지만 사람들 사이에 결속이 약해지면서, 매번 활동하는 사람만 활동하는 평범한 스포츠 모임이 되고 있었다. 내가 맡은 생활체육회가 그저 그런 체육회가 되는 모습을 지켜볼 수는 없었다. 그렇게 생활체육회의 가치를 고민하기 시작했다.

나는 생활체육회가 사회생활에 치여 지칠 대로 지친 구민들의 안식처가 되었으면 좋겠다고 생각했다. 현대사회를 구김 없이 살아가기 위해서는 경제적인 여유가 필요하다.

하지만 그것을 위해 달려가다 보면 무수한 스트레스가 닥쳐오는 것은 피할 수가 없다. 쉴 새 없이 일에만 몰두하다가 한

번 건강을 잃어 본 나였기에, 스스로도 체육의 중요성을 다시 한번 상기시켰다.

운동을 통해 스트레스를 떨쳐버리고 새로운 에너지를 충전하는 것. 이것이 생활체육회가 지향해야 할 가치이다.

'의기소침한 우리를 게으름과 잠에서 깨우는 힘.'

나는 노트에 그렇게 적었다. 마음을 먹으면 우리 안에서 얼마든지 찾아낼 수 있는 변화의 동력과 도전의 에너지. 힘은 우리 안에서 나온다.

생활체육의 본질

클럽들을 방문하다 보니 몇 가지 변화들을 감지할 수 있었다. 가장 먼저 눈에 띈 것은 체육인들을 위한 인프라가 예전과는 비교도 할 수 없을 정도로 좋아졌다는 것이다. 약수터에서 치던 배트민턴을 떠올렸다가, 잘 정돈된 체육관 안에서 땀 흘리는 회원들을 보며 잠깐 넋을 놓기도 했다.

하지만 생활체육회의 활력은 예전 같지 않다. 가장 두드러지는 변화는 고령화였다. 내가 기억하는 예전 생활체육회의 주축은 30~40대였다. 이제 막 가정을 꾸리고 사회에서 자리 잡기 시작한 젊은 청년들이었다.

지금 생활체육회 평균 연령은 60세에 가깝다. 젊은 친구들이 예전만큼 많이 활동하지 않는 것도 있지만, 더 큰 이유는 70~80대 어르신들이 게이트볼 등 활동을 이어가면서 연령대가 급격히 올라간 것이다.

젊은 청년들과 어르신들이 한 군데서 어울리는 장면을 만들어보고 싶었지만 쉬운 일이 아닌 것이다. 그러나 북구민을 하나로 묶는 힘, 땀 흘리며 운동하고 맛있게 먹고 와자지껄 어울리기. 이것이 북구 생활체육회의 본질이 아닐까? 나이를 떠나 활기차게 움직이고 어울리는 것은 곧 일상적인 '사람' 중심의 '삶' 그 자체이기 때문이다.

국제신문

본청건축사사무소 오태원 대표, (재)부산북구장학회에 장학금 기탁

이현정 기자 okey4@kookje.co.kr | 2021.11.17 16:49

부산 북구 구포동 소재 본청건축사사무소(대표 오태원)는 지난 16일, 북구청을 방문하여 (재)부산북구장학회에 지역인재 양성을 위한 장학기금으로 1천만 원을 기탁했다.

(재)부산북구장학회 이사로도 활동하고 있는 오태원 대표는 현재까지 총 9천만 원을 기탁하였으며, 북구장학회 활성화는 물론 지역 인재 육성에도 적극 힘쓰고 있

북구에는 더 많은 기회가 필요합니다.

원대한 꿈을 향하여, 힘을 내자

힘이 없었다. 배가 고팠다. 한창 먹성 좋을 학창 시절, 나는 싸래기 밥에 나물만 먹고 자랐다. 고기를 마음껏 먹고 자랐다면 키가 5cm는 더 컸을지도 모르겠다.

그래서인지 어린 오태원이 상상했던 미래의 모습에는 고기 반찬을 마음껏 먹는 모습이 빠지지 않았다. 그러면서도 나처럼 싸래기 쌀에 나물만 먹는 사람이 있으면, 고기를 나눠주겠노라 생각하곤 했다.

이 생각은 어린 시절의 나처럼 배우고자 하는 의지가 있는 소년·소녀들에게 기회를 주고 싶다는 생각으로 바뀌었다. 청년 오태원은 삶에 대한 의지가 남달랐지만, 방향을 몰랐다. 셀수 없이 맨땅에 헤딩을 거듭한 끝에 운 좋게 오늘날에 도착했을 뿐이다.

물고기를 잡아주는 어른이 되기는 싫다. 하지만 최소한 낚싯대와 미끼 정도는 챙겨줄 수 있는 어른이 되어야 한다고 생각했다. 그것은 사회를 위한 것이기도 했고, 동시에 어린 시절 · 나를 위한 것이기도 했다.

혼자 잘 살면
뭐하겠노?

1995년, 나는 처음으로 소년·소녀 가장을 위해 빌라 한 채와 독거노인을 위한 빌라 한 채를 기부했다. 처음으로 봉사다운 봉사를 했다는 기분에 스스로가 굉장한 사람처럼 느껴졌다. 동시에 감사한 마음도 들었다. 구포초등학교에 다니던 코흘리개가 이런 기부를 할 수 있게 되었다는 사실 자체가 감격인 것이다.

물론 그것은 작은 기여에 지나지 않았다. 하지만 몇 명의 삶은 변했고, 그들은 또 다른 사람들의 삶에 영향을 미칠 것이다. 나는 머릿속으로 한 사람을 떠올렸다.

"태원아, 혼자 잘 살면 뭐하겠노?"

귓가에 아버지의 음성이 메아리처럼 들리는 듯하다. 혹자는 봉사라는 것은 인간이 해낼 수 있는 가장 이타적인 행동이라고 말한다. 나는 그런 거창한 말보다 아주 작은 거라도 다른 사람과 나누는 '행복'이라고 생각한다.

구포장학회

구포장학회 활동을 하며 수많은 학생과 만날 수 있었다. 예상했던 것보다 더 많은 학생이 어려운 형편 때문에 꿈을 펼치기를 두려워하고, 포기하려 하고 있었다.

사람은 돈이 없으면 꿈이 작아질 수밖에 없다. 하지만 이것을 어린 학생들이 겪어서는 안 된다고 생각했다. 학생은 꿈을 꿀 수 있어야 한다. 그것이 우리 사회가 제시해야 할 학생들의 권리다. 말로만 꿈을 가지라고 말하는 것보다는 실질적인 도움을 주는 것이 필요했다.

나는 장학회에 기부하기 시작했다. 지금까지 수백 명의 학생이 혜택을 받았다. 나는 밥숟가락을 떠서 입속까지 넣어주는 사람은 아니다. 하지만 최소한 밥을 먹을 숟가락 정도는 제공하는 사람이 되고 싶었다. 북구의 미래는 그들에게 달려있기 때문이다.

내 노력이 다시 나에게 돌아와서 이득을 줄 것이라는 기대는 전혀 하지 않는다. 뿌려진 씨앗이 북구 어딘가에서 조그만 싹을 틔울 수만 있다면 후회 없으리라.

100채의 기적

오래전부터 기부 활동의 종착지는 정해져 있었다. 소년·소녀 가장들을 위해 아파트 100가구를 기부하는 것. 나는 마음속에 이것을 그려만 봤을 뿐 누구에게도 말해 본 적이 없었다.

나는 아들의 결혼식에서 처음으로 이것에 대한 이야기를 털어놓았다. 아들을 장가보내는 김에 오랜만에 모인 지인들과 의미 있는 대화를 나누고 싶었기 때문이었다.

그런데 누군가 내가 말하는 모습을 동영상으로 촬영했던 모양이었다. 어느 날 모르는 번호로 전화가 걸려왔다.

"오태원 씨, 저녁 식사 한번 합시다."

나는 영문도 모른 채 일단 나오라는 말에 약속 장소로 나갔다. 멀리서 알 듯 말 듯한 사람이 손을 흔들어댔다. 가까이 다가가서 보니 오다가다 인사를 하고 지냈던 사장님이었다. 그 사장님은 어릴 적부터 구포시장에서 장사를 하는 분인데, 지금은 어느 정도 성공했다는 소문이 난 사람이었다.

"부탁 하나만 합시다."

한창 식사를 하던 도중에 사장님은 다짜고짜 말했다. 내가 물금 고향에 아파트 100세대를 지어 주고 난 3~4년 후에 만약 북구에 아파트 100세대를 짓는다면 자신도 절반을 보태겠노라며 동참하고 싶다는 말씀이었다.

이야기를 더 주고받다 보니 사장님의 마음을 이해할 수 있었다. 자신도 너무 어렵게 살아와서 기부하고 싶다는 생각을 하고 있었는데, 좋은 기회를 만나지 못했다고 말했다. 그러다가 우연히 내 동영상을 보게 됐는데, 꼭 참여하고 싶다는 생각이 들었다고 말했다. 그래서 얼마가 필요하던 절반을 보태겠노라 여러 번 강조했다.

순간 너무 놀라서 얼음처럼 얼어붙어 버렸다. 그리고 이내 코끝이 찡해지며 눈물이 핑 돌 것만 같았다. 살면서 울어본 적이 거의 없는 나였지만, 그 순간만큼은 가슴이 뜨거워졌다. 나와 똑같은 생각을 가진 사람을 처음 본 순간이었기 때문이다. 나는 일단 잘 생각해 보자는 말을 남기고 식사 자리를 마쳤다.

며칠이 지나자 아는 선배에게도 연락이 왔다.

"태원아, 니 아파트 지으면 거기 들어가는 TV, 냉장고, 침대, 이런 거는 내가 다 채워줄게."

이런 소식이 지인들 사이에 소문이 나면서 선후배 관계없이 조그만 도움이라도 보태겠다고 연락이 쇄도하기 시작했다. 가슴이 벅차올랐다. 선의를 가진 사람들이 너무나 많다는 사실에 감동했다.

100채의 기적. 나 홀로 시작한 미약한 날갯짓이 서서히 바람을 일으키는 내일을 생각하니 가슴이 벅차오른다. 그리고 나는 안다. 이것이 끝이 아님을……

〈공공주택 건립을 위한 업무협약식〉 2021년 12월 13일, 양산시청

"……제가 공공주택을 무상으로 양산시와 MOU 체결하는 목적을 두 가지만 말씀드리겠습니다. 첫째, 향후 여기에 입주하는 소년·소녀 가장과 불우한 이웃이 이곳에서 꿈과 희망을 가지고 훌륭한 사람으로 성장해서 공공주택 300세대, 500세대 저보다 훨씬 더 많은 세대를 이웃을 위해 봉사할 수 있는 계기가 되었으면 좋겠습니다. 둘째, 이를 계기로 저보다 훨씬 경제적으로 나은 분들도 기부 문화를 확산시키는 데 같이 동참하는 분들이 많이 생겼으면 하는 간절한 마음입니다……."

– 인사 말씀 중에서

부산일보

제23636호   1판   busan.com

고향 주거 빈곤 청소년 가정에 100가구 '통 큰 기부'

양산 출신 오태원 계담종건 대표
시유지에 자비 110억 원 들여
전용 30~50㎡ 100여 가구 시공

경남 양산 출신 건설사 대표가 고향의 주거 빈곤 청소년 가정을 위해 100여 가구의 공공주택을 기부한다. 110억 원 상당을 투입해 집을 짓는 통 큰 기부는 지역사회에서 귀감이 되고 있다.

양산시는 13일 양산시청 대회의실에서 부산 북구 본청건축사사무소와 양산시 물금읍 (주)계담종합건설 대표인 오태원(63) 씨와 '공공주택 건립을 위한 양해각서(MOU)'를 체결했다.

양해각서에 따르면, 오 대표는 양산시가 제공하는 시유지 4000㎡ 부지에 전용면적 30~50㎡ 소규모 공공주택 100여 가구의 시공을 맡는다. 공공주택 시공비가 100억 원을 넘어설 것으로 보여, 지금껏 양산시 기부금 중 최대 금액이다.

공공주택 건립 양해각서를 체결한 계담종건 오태원(왼쪽) 대표와 김일권 양산시장.

양산시는 인허가 등 12억 원 상당의 행정 지원을 한다. 인허가 과정에 1년 이상 소요될 것으로 보여 오는 2024년 말 입주가 가능할 전망이다.

부산 북구에서 살지만 양산 물금을 가촌리가 고향인 오 대표는 넉넉하지 않은 살림에도 이웃을 돕는 부모님의 영향을 받았다. 그는 "돈을 벌게 되면 어려운 이웃을 돕겠다는 결심을 했다"며 "내가 지은 집에서 성장한 청소년들이 언젠가 큰 기부에 동참할 것"이라고 말했다.

부산 성지공고 건축과를 졸업한 오 대표는 돈을 벌기 위해 낮에는 건축 공사 현장에서 일하고 밤에 공부하는 생활을 계속했다.

돈을 벌기 시작하자 자신과의 약속을 실천하기 시작했다. 직접 지은 빌라 건물 두 가구를 검정고시생 등에게 무료로 임대하는 것을 시작으로, 무료로 경로당을 건립해 주는 등 20여 년 전부터 이웃을 돕고 있다. 2017년엔 부산에서 129번째 아너 소사이어티 회원이 됐다.

특히 오 대표는 6년 전 아들 결혼식에서 스스로 기부 약속을 지키려고 하객들에게 "5~6년 후 100억 원을 기부하겠다"고 약속했다.

부산 북구체육회장을 맡고 있는 오 대표는 공공주택의 70~80%를 주거 빈곤 청소년이 쓰길 원한다. 양산시도 이에 동의하고 나머지 주택은 생계, 의료급여 수급자나 가정위탁 세대 등 어려운 이웃에게 임대하기로 했다.

글·사진=김태권 기자 ktg660@

2021년 12월 14일 『부산일보』 1면 기사

행정 + 경영, 그 변화와 혁신의 길

많은 목표를 이루었다. 건축사·건설안전기술사·토목시공기술사 3관왕이 되어 대한민국 최고의 건축 기술자가 되겠다는 다짐. 번 돈을 나누어서 기부 문화의 마중물 역할을 하겠다는 다짐. 마음먹은 것은 해 내고 마는 도전 정신 덕분이었다.

하지만 여전히 이루지 못한 꿈이 남았다. 북구를 바꾸고 나아가 북구민의 삶을 바꾸겠다는 다짐이 바로 그것이다. 북구에서 배우고, 북구에서 성장했다. 북구에 대한 부채의식이 자연스럽게 나를 이끌었는지도 모르겠다. 북구의 어려움을 누구보다 잘 아는 내가, 현실을 애써 모른척할 수는 없다는 생각이다. 북구와 북구민의 삶을 바꾸는 새로운 청사진을 그려내야겠다는 생각은 내게는 물 흐르듯 자연스러운 과정처럼 느껴지기도 한다.

입신양명

처음으로 큰사람이 되고자 마음을 먹었던 것은 어떤 사건에서 시작됐다. 고향 물금 가촌리 100가구 중 절반 이상은 나의 성인 오 씨가 아닌 다른 집안 사람이었다. 그들은 대체로 경제적으로 부유한 편이었다. 거기에 비하면 그들 집성촌 가운데 끼어있던 우리 집안은 넉넉한 형편이 못됐다.

이런 환경 탓인지 그 집안 사람들과 매번 비교당했고, 알게 모르게 설움도 겪게 됐다. 그 집안 사람들은 자주 동네잔치를 열곤 했다. 잔치에는 돼지고기 닭고기 등 진수성찬이 차려지곤 했다.

잔칫날이면 멀리서 날아드는 향기만 맡아도 침이 줄줄 흐를 정도였다.

"태원아, 잔칫집 가서 음식 좀 먹고 오자."

형님은 어린 나를 꼬드겨 잔칫집에 데려갔다. 그들은 꽤 까다로웠다. 같은 성씨가 아니면 잔치에 끼어들기가 쉽지 않았다. 우리는 같은 집안 사람인 것처럼 행동하며 인파 속에 파고들 셈이었다.

나와 형님은 북적이는 분위기를 이용해서 조심스레 무리에 끼어 음식을 받았다. 그러고는 구석에서 눈치를 살피며 음식을 허겁지겁 먹었다. 매일 싸래기 밥에 나물만 먹었던 나는 그때 먹었던 음식 맛을 결코 잊지 못한다.

"언제 또 이런 밥을 먹어 보겠노?"

형님과 나는 들키지 않았다는 기쁨에 실실 웃으며 서로를 바라보았다. 행복한 시간은 너무도 짧았다. 우리를 수상하게 여긴 사람들이 우리를 향해 손가락을 가리켰다.

"점마 저거 저 밑에 오씨 아들 아이가?"

우리는 그 말을 듣자마자 숟가락을 탁 내려놓고 도망치려는 찰나, 한 걸음을 떼기도 전에 등 뒤로 들려오는 소리.

"여기가 어디라고 와가지고 밥을 먹노?"

그리고 고무신 나뭇가지 같은 게 등 뒤로 막 날아오는 느낌을 받으며 냅다 줄행랑을 쳤다. 집으로 돌아가는 내내 울음이 멈추지 않았고, 집에 도착한 나는 마루에 앉아 계시던 아버지에게 달려가서 말했다.

"아버지, 내 오씨 안 할랍니다."

아버지는 영문을 모르겠다는 듯 말했다.

"니 뭔 소리 하는 기고?"

자초지종을 알게 된 아버지는 나를 나무라면서도 내심 미안한 눈치였다. 나는 방으로 들어가서 이불을 덮고 생각했다.

"두고 보자. 내가 나중에 잘 돼가지고 코를 납작하게 해 줄 끼다."

이름을 드높이고 가문의 영광을 말하는 게 아니다. 나는 보이지 않게 큰사람이 되어야겠다는 결심을 하게 되었다. 불평등, 불공정, 윤택함과 그 반대, 사람과 삶의 형태에 결정적으로 작용하는 어떤 힘. 그러므로 역시 '사람, 그리고 사람들이 영향을 받는 삶의 모습'이다.

세 배의 노력

청년이 되어서도 훌륭한 사람이 되겠다는 바람은 여전했다. 청년이 되어서는 내가 사는 곳을 더 좋은 곳으로 만들겠다는 동기로 지역 활동을 이어갔다. 하지만 더 좋은 곳으로 만들기엔 혼자서는 역부족이었다.

나는 어려울 때마다 아버지가 자주 말씀하셨던 이 이야기를 돌이켜 생각한다. 미국 콘돌리자 라이스 국무부장관에 대한 이야기이다. 라이스 국무부장관은 최초로 흑인 여성 장관이 된 인물이다.

"흑인이 백인보다 무엇이든 잘하려고 하면 두 배 이상 노력해야 하고, 네가 백악관에 들어가려고 하면 백인보다 세 배 이상 노력해야 한다."

라이스 국무부장관의 모친은 라이스에게 매번 이렇게 말하곤 했다고 한다.

나는 촌에서 순수하고 평범하게 자라서 많은 자산과 빽있는 가족과 지인들은 없지만, 신뢰를 쌓고 라이스 국무부장관처럼 남들보다 무엇이든 노력하지 않으면 안 된다는 생각이 뇌리에서 떠나지 않았다.

그리고 능력을 먼저 키우리라 다짐했다. 지역을 바꾸고 지역민의 삶을 더 좋은 방향으로 바꾸려면 전문적인 경험과 식견이 필요하다고 생각했다. 내게 그것이 도시계획에 맞는 건설과 건축이었다.

사람의 체온 36.5℃. 그러므로 사람이 중심인 도시의 온도도 36.5℃일 것이다. 따스함이 감도는 도시의 기본 계획을 세우고 혈관의 말단까지도 미칠 수 있는 힘 있는 구상을 골고루 실현하는 것. 이것이 내가 제일 잘할 수 있는 오태원으로서의 역량이 아닐까?

나는 건축계의 최고가 되겠다는 열정과 사람들의 삶을 따스하게 포용하는 꿈을 안고 공부를 해나갔다. 최고가 되어 당당하게 북구를 바꿔보리라. 이런 포부는 내가 3관왕이 되도록 하는 강력한 추진력이 되었다.

돕는 것은
당연한 것

나는 지금까지, 사실 오래전부터 북구를 위해 나름대로 노력해왔다. 나는 90년대 중반 처음으로 소년·소녀 가장에게 빌라 한 채와 독거노인을 위한 빌라 한 채를 기부했다. 회사 이름도 아니었고, 자선단체와 함께 진행하지도 않았다. 시끌벅적한 것이 싫었다. 일단 기부를 하고 나면 연락을 한다거나 찾아가는 일도 일절 없었다. 혹여나 생색내는 것처럼 보일 수도 있을 것 같아서였다.

그렇게 내 통장에 있는 돈으로 기부 활동을 이어가겠다는 다짐을 조금씩 실천해 나가기 시작했다. 저소득층 학생을 위한 장학금 기부, 경로당 무상 건설, 독거노인을 위한 주택 기부 등

내가 할 수 있는 역할을 다하기 위해 노력했다. 지금은 소년·
소녀 가장들을 위해 상당한 규모의 주거시설을 무상 공급하겠
다는 야심찬 프로젝트도 진행 중이다.

이제
그 다음으로

나는 지금껏 기업인의 위치에서 나름대로 최대한
노력해왔다. 노력한 만큼 지역에 작은 활력이라도 불어넣을 수
있으리라 믿으면서. 그러나 그것으로 다 된 것인가? 사실 한계
도 분명했다. 소년·소녀 가장을 위한 주거시설 건립 프로젝트
를 기획하면서 이런 생각이 들었다.

'내가 이런 사업을 몇 번을 해야 북구민의 삶이 진정으로 바
뀔 수 있을까?'

더 근본적인 고민을 하지 않을 수가 없었다.

"어떻게?"

수십 년을 노력한 끝에 최고의 건축 기술자 및 기업인이 되
었고, 50년간 북구의 발전을 지켜봐 왔다. 이제 '그 다음'은 무엇
인가. 자연스레 더 큰 생각이 그려지기 시작했다.

행정은
고도의 경영이다

부산 속 북구는 소외되고 있다. 다른 구에 비하여 낙후되고 있는 것이다. 사람들의 머릿속에서 존재감이 없는 곳이 되어가는 것이다. '북구' 하면 아파트밖에 떠오르지 않는다.

그것보다 더 심각한 것은 이러한 상황이 계속 악순환되고 있다는 것이다. 노인들을 위한 복지나 아이를 키우기 위한 보육환경은 어느 때보다 좋아진 것이 사실이다. 하지만 가장 중요한 것이 빠져 있다. 북구에서는 먹고살 것이 없다는 것이다. 자급자족이 되지 않는다. 복지 수요가 많은 우리 북구는 하루빨리 '선진 복지 모델'을 만들어야 한다.

무조건 자급자족을 해야 하는가? 물론 그렇지 않다. 지금처럼 다른 지역에서 돈을 벌어오면서, 살기 좋은 주거 지역으로 남는 것도 나쁜 것은 아니다. 그러나 나는 북구가 충분히 더 나아질 수 있다고 믿는다. 북구의 가능성을 스스로 접어버려서는 안 된다.

북구 사람들은 다른 지역에서 돈을 벌어서, 다른 지역에서 소비한다. 자연스레 북구의 자영업은 쇠약해질 수밖에 없다. 자영업이 살기 위해서는 북구 사람들이 돈을 더 많이 벌어 오든지, 북구 내에서 돈을 더 많이 쓰도록 하든지 대개 두 가지 방안이라고 이야기한다. 하지만 두 가지 모두 속 시원한 해결 방안이 되지 못했다.

우리가 나아가야 할 방향은 북구 사람들이 북구에서 더 많은 돈을 벌고, 그것을 북구에서 소비하는 것이다. 북구에 가장 필요한 것은 자생력이다. 성장 동력을 키워야 하는 것이다.

구포시장은 과거에 전국에서 다섯 손가락 안에 들 만큼 큰 시장이었다. 하지만 지금은 어떤가? 북구가 열을 올리던 서부산청사도 결국에는 사상구로 가버렸다. 덕천초등학교 부지에 서부산청사와 북구청사, 북부소방서까지 아우르는 행정타운을 건립한다는 비전도 자연스럽게 미루어지고 있다. 북구 주민으로서 너무도 아쉬운 결과였다.

서부산청사가 들어왔다면 산하 공공기관까지 대거 이전하여 상근 직원 수백 명이 유입되었을 것이기 때문이다. 이러한 힘이 북구를 행정·경제의 중심지로 탈바꿈시킬 단초 역할을 해 줄 것이라 기대했지만 아쉽게 되었다. 의지와 열정의 문제이다. 앞으로 덕천로터리를 중심으로 대한민국 최고의 행정 효율 중심 도시로 탄생시킬 수 있다.

두드러지는 호재가 없는 상황에서 북구 내에 문화시설, 교육시설을 채운다고 해서 북구의 현실은 달라지지 않을 것이다. 북구는 외부적인 힘을 빌리지 않고서는 스스로 발전할 힘을 잃어버린 것처럼 보인다.

우리의 북구,
36.5℃

기업가로 살았던 지난 30년. 상식과 원칙을 소중히 여기면서 살아왔다. 그리고 어떻게 하면 북구가 더 발전할지 틈날 때마다 고민했다. 그러나 지금 다시 물어본다. 어떻게 하면 희망을 불러일으킬 수 있을까?

믿음의 고리를 만들어야 한다. 소외의식을 가진 북구 사람들의 마음에 다시금 불꽃이 일어야 한다. 그것이 북구를 이끌어갈 정치인들에게 주어진 책무이다. 반복된 실망은 깊은 불신의 늪을 만들었다. 그것이 특정 개인의 탓은 아니지만, 북구의 정치인은 그 책임을 져야 한다고 생각한다. 북구에 팽배한 오래된 냉소야말로 제일 먼저 마주하는 모두의 장애물이 아닐까?

"어차피 그래 봤자이지. 선거 때만 되면 나와서 열정을 보이거나 비전 없이 희망 고문을 되풀이하고, 표를 얻고 나면 어느새 흐지부지 사라졌던 수많은 약속 아닌 약속들!"

그렇기 때문에 북구의 정치는 먼저 따뜻해야 한다. 차디찬 마음도 어루만지는 따스한 열정의 손길, 오해와 사심 없는 진실의 눈길, 그리고 문턱을 넘나드는 관심의 발길.

차갑게 얼어붙은 두꺼운 빙벽을 깨는 것은 날카로운 강철 송곳이 아니다. 얼음을 녹이는 힘은 따뜻한 온도이다. 차가운 우리의 북구를 표준 온도 36.5℃의 따스함으로 충만한 사람들의 도시로 만드는 것이 나의 목표이다.

평생 가슴이 따뜻한 사람들의 도움으로 여기까지 온 내가 숙명처럼 펼쳐내야 할 오늘 그리고 내일의 비전이다. 사람이 먼저였고 사람을 먼저 보았다. 그래서일까. 대단한 사람도 없고 대단한 인생도 크게 보면 없는 것 같다. 더도 말고 덜도 말고 딱 좋은 우리 몸의 정상체온 36.5℃.

오래도록 건강하게 잘 사는 것이 우리 모두의 바람이듯 나의 도시는, 나의 북구는 더 이상 차갑지 않게, 평범한 사람들이 모여 살기 좋은 따스한 곳이 되도록 만들고 싶다.

구석구석 차가운 곳 없이 따스한 피가 돌듯 경제와 복지가 상호작용하며 제 기능과 역할을 다하는 시스템을 처음부터 찬찬히 살펴봐야 할 것 같다. 이른바 북구가 하나의 자치구가 아니라 집약된 도시로서의 정체성을 갖추어야 하는 것이다.

앞으로 섬세하게 세부 정책들을 하나 둘 수립해 나가며 그 정체성의 청사진을 제시할 생각이다. 지금까지 그래 왔듯이 최선을 다해 정성을 기울여 노력하면 반드시 이루어질 것이다.

나는 오래전부터 북구 주민과 함께 꼭 이루고자 하는 꿈이 있다. 그 꿈은 현재 우리 북구의 열악한 여건을 역발상함으로써 살기 좋은 일등구로 만드는 것이다. 낙동강 문화의 중심도시로 우뚝 서는 것이다. 힘을 모으고 순수한 열정을 불태울 때 우리의 꿈은 반드시 이루어진다. 이러한 열정과 북구의 힘은 가장 정치적이지 않은 사람으로부터 시작되어야 한다고 믿는다. 정치의 논리는 권력과 인기의 논리를 따르지만 오태원의 논리는 사람의 이치를 먼저 따르기 때문이다.

이것이 바로 나 오태원의 힘이다. 이제 또한, 북구의 힘이 되기를. 자, 이제 그 때가 되었다.

내가 꿈꾸는 북구

건축, 건설, 도시계획에 대한 전문가적 식견으로 새로운 도시시스템을 만드는 일은 내가 가장 잘하는 일이다.

북구가 좋아서 초등학교부터 지금까지 북구의 변천 과정을 봐왔고, 지역 현안을 누구보다 잘 알고 있다. 그동안 쌓은 풍부한 실무 경험과 전문가적 안목으로 누구나 살고 싶은 도시, 지금과는 전혀 다른 새로운 북구를 만들어 나가고 싶다. 자원과 역량을 잘 엮어내어 북구에 새로운 에너지원으로 활력을 불어넣는 일, 어쩌면 그것이 내 인생에 한없이 베풀어준 북구에 대한 내 의무이기도 하다.

잘하는 것을 더욱 잘하게 만들어 나가는 것이 내가 하고 싶은 일이다. 우리 북구는 장점이 많다. 그 장점을 극대화 한다면 다시 사람 살기 좋은 북구가 될 것이라고 믿는다.

첫째, 북구는 천혜의 자연경관과 역사를 품은 낙동강이 흐르고 있다. 많은 사연과 우리네 삶이 고스란히 녹아있는 곳이 바로 북구가 품고 있는 낙동강이다. 낙동강을 친환경생태도시의 면모를 보전하는 동시에 활용도를 높여 물리적, 심리적 거리를 좁혀 나가야 한다. 주민들이 즐겨 찾는 화명생태공원에 운동 휴양 자연친화적 인프라가 갖춰진다면, '아~ 북구에 참 살기 좋다!'라는 생각을 가질 수 있을 것이다.

둘째, 북구는 서부산권 연결의 중심축으로 사통팔달 교통 허브의 중심도시로의 매력과 잠재력이 충분하다. 단절된 도시를 연결하면서 주변 도심재생을 촉진하려면 앞을 내다봐야 한다. 특히 북구를 관통하는 경부선 철도시설 유휴부지에 예술·문화·경제를 창출할 수 있는 시설을 계획한다면 북구는 성장해 나갈 것이다.

셋째, 북구는 산업 구조상 소상공인과 자영업이 차지하는 비율이 매우 높다. 그래서인지 코로나19 여파로 인한 북구의 소상공인들의 타격이 매우 크다. 가까스로 버티고 있다는 소상공인들의 삶의 절규를 쉽게 들을 수 있다. 지금은 무엇보다도 그들에게 힘이 되어 주는 일이 우선시 되어야 한다. 시장을 비롯한 동네 상권의 경영 안정화를 위한 지원정책과 기존상권과 연계되는 문화관광자원 개발로 지역경제를 회복하는 데 정책적 역량을 집중할 때이다.

넷째, 기회의 도시 북구를 만드는 것이다. 금곡도시첨단산업단지에 신성장산업을 대거 유치하여 지역 주민은 물론 청년 일자리 창출을 극대화해야 한다. 일자리가 차고 넘쳐야 청년이 떠나지 않고 머무른다. 청년복합타운 건설 등 청년들이 모여드는 젊은 공간을 조성해 나가는 것 또한 북구가 그려나가야 할 새로운 미래다.

마지막으로 가장 중요한 복지이다. 나는 홀로 여러 기부활동을 해왔다. 고액 기부자 모임인 아너 소사이어티(honor society)에 가입했다. 그리고 북구장학회 이사로 15년여 동안 학생들에게 희망을 주는 교육 사업에도 여전히 참여하고 있다.

고학생과 소년·소녀 가장, 홀몸 어르신께 꾸준한 후원과 기부를 하고, 마침내 고향인 양산시 물금에 소년·소녀 가장 및 불우이웃을 위한 건축비 100억에 달하는 아파트 100세대(2021년 12월 13일 양산시와 MOU 체결함)를 기부하게 된 이유는 내가 잘 나서가 아니다. 아프고 힘들었던 시절 '나는 누군가에게 힘이 되는 사람이 되자'는 나와의 약속을 지키기 위함이다. 자연스러운 나눔과 책임은 이제 내 삶의 일부가 되었다.

지역공동체 안전망을 보다 촘촘히 구축하고, 공공과 민간의 복지네트워크를 강화하여 사회적 약자와 따뜻한 동행을 해 나간다면 북구는 소외 받는 사람들 없이 모두 함께 잘사는 행복 도시가 될 것이다.

지면에 다 담지 못한 북구에 대한 나의 고민과 생각들을 알려드릴 기회가 반드시 올 것이라 기대한다.

아프리카 속담에 "빨리 가려면 혼자 가고 멀리 가려면 함께 가라"는 말이 있다. 함께 멀리가기 위한 사람 중심, 교육 중심, 환경 중심, 문화 중심, 자강 중심으로 발전하는 북구를 나는 꿈꾼다.

"불꽃이 되리라"

"아침에 나가서 밤에 들어오는 사람"

다 써놓고 은근 자랑하고픈 마음에 초고본을 툭 던지면서 아들에게 한번 보랬더니 며칠 후 들고 와서 하는 말, 와 닿지가 않는단다. 와 닿지가 않는다고? 이리 치열하게 살아온 내 삶이?

"아버지는 아침에 나가서 밤에 들어오는 사람. 제 기억에 특별히 남은 게 없어요."

적잖은 충격을 받고 곰곰이 생각에 잠겼다. 소통은 내가 아니라 상대방에게 열쇠가 있다. 나의 생각이 상대방에게 제대로 전달되는 것이 소통이지만, 큰 소리쳐 말한다고 다 들리는 것은 아니다. 아무리 멋진 생각도 상대방을 위한 것이라면 반드시 그 마음에 와 닿는 것이어야 한다. 혼자 떠들어대는 잘난 사람이 아니라 상대의 말과 눈빛에 먼저 집중할 줄 아는 사람이 북구에는 더 절실하다. 북구 사람들은 간절한 바람과 하고 싶은 말을 가슴에 품고 살아 왔기 때문이다.

내 삶을 돌아보면 늘 한 가지 목표에 집중했고, 그것이 달성되면 그 목표는 계속 확대되었다. 그저 거기에 충실했던 삶이었다. 내가 가장 잘하는 것은 집중이자 도전이자 성과이다. 그 외의 것은 잘 모른다. 최선을 다하면 나머지는 하늘에 맡긴다. 이번에도 마찬가지다. 그냥 잘하는 것을 하려고 한다. 내가 아니라 이제는 사람들을 위해서.

아들에게는 부끄럽고 미안하고 감사한 나날들에 이제 한 가지를 추가해야겠다. 먼저 듣고, 묻고, 꼭 답하는 것. 사람들이 매일 조금씩 더 나아지도록 도우면서 같은 방향으로 함께 걷기. 그거 아닌가?

이 책은 무언가 대단해 보이지만 실은 그냥 한 사람의 치열한 노력과 수많은 귀인들로 가능했던 복스럽고 행운 가득한 삶의 발자취를 두서없이 정리한 것이다. 대단한 정치 역량이 아니라 북구에서 시작되어 어쩌면 거기서 끝까지 갈 사람, 외쳐도 듣는 이 없어 뻥 뚫린 듯한 북구 사람들의 차가운 손을 한 번 어루만져 보겠다는 마음 하나. 그게 거의 전부다.

따뜻한 북구 사랑 36.5℃ _ 오태원의 힘

글 오태원 | 발행인 김윤태 | 발행처 도서출판 선 | 교정 김창현 | 북디자인 디자인이즈
등록번호 제15-201 | 등록일자 1995년 3월 27일 | 초판 3쇄 발행 2023년 3월 20일
주소 서울시 종로구 삼일대로 30길 23 비즈웰 427호 | 전화 02-762-3335 | 전송 02-762-3371

값 15,000원
ISBN 978-89-6312-611-1 03810
©오태원, 2022